T0203378

Plagio
(Una novela)

Plagio
(Una novela)

HÉCTOR AGUILAR CAMÍN

LITERATURA RANDOM HOUSE

Plagio
(Una novela)

Primera edición: octubre, 2020

D. R. © 2020, Héctor Aguilar Camín
c/o Schavelzon Graham Agencia Literaria
www.schavelzongraham.com

D. R. © 2020, derechos de edición mundiales en lengua castellana:
Penguin Random House Grupo Editorial, S. A. de C. V.
Blvd. Miguel de Cervantes Saavedra núm. 301, 1er piso,
colonia Granada, alcaldía Miguel Hidalgo, C. P. 11520,
Ciudad de México

www.megustaleer.mx

ISBN: 978-607-319-112-8

Impreso en México – *Printed in Mexico*

El papel utilizado para la impresión de este libro ha sido fabricado a partir de madera
procedente de bosques y plantaciones gestionadas con los más altos estándares ambientales,
garantizando una explotación de los recursos sostenible con el medio ambiente y beneficiosa para las personas.

Penguin
Random House
Grupo Editorial

Todo lo que aquí se cuenta es verdad,
salvo los nombres propios, que también son falsos.

El plagio es la forma más sincera de la admiración.

JORGE LUIS CONRAD

Un lunes anunciaron que me había ganado el Premio Martín Luis Guzmán, "de escritores para escritores".

El martes, me acusaron en la prensa de haberme plagiado unos artículos periodísticos.

El jueves, me acusaron de haberme plagiado también el tema de mi novela ganadora.

El lunes de la semana siguiente, setenta y nueve escritores firmaron una carta en mi contra. Esa misma mañana, descubrí que mi mujer era el vínculo secreto de mis acusadores, la descuidada informante del escritor que había denunciado el plagio de mis artículos y el de mi novela, el verdadero instigador de todo, al que por eso en este libro he llamado Voltaire.

Los firmantes de la carta exigían que devolviera el premio y que renunciara a mi puesto en la universidad. (Yo era director de cultura en la universidad, un pequeño imperio.)

El miércoles siguiente, luego de discutir con mi amigo el Ingeniero y Rector, ahora mi examigo, anuncié mi renuncia al puesto en la universidad. Y también mi renuncia al Premio Martín Luis Guzmán, de escritores para escritores.

Mi mujer, a quien yo había hecho conductora del noticiero universitario, no se presentó a trabajar aquella noche, para no tener que leer la noticia de mi salida, según dijo. Pero esa misma noche yo supe otra cosa.

A la siguiente semana, el lunes, sorprendí una llamada de mi mujer con Voltaire. Había encargado que la espiaran, con consecuencias desastrosas.

No pude sino espiarla los siguientes días, martes y miércoles, también con consecuencias desastrosas.

El jueves, Voltaire amaneció muerto en su departamento. La noticia corrió desde temprano por la radio universitaria. Mi mujer y yo desayunábamos juntos ese día, como todos los días. Al oír la noticia, me miró espantada. Esa mañana se fue de la casa y me denunció.

El viernes me visitó la policía bajo la forma del detective Saladrigas. Saladrigas acabó descubriéndolo todo. Incluso, a su manera, quién era yo.

Todo esto requiere una explicación. Es lo que van a leer.

Cada línea escrita arriba esconde una pequeña historia y la última, un desenlace. He tratado de contar ese desenlace sin rodeos y sin vulgaridad.

Iré parte por parte.

1

Un lunes anunciaron que me había ganado el Premio Martín
Luis Guzmán, "de escritores para escritores".

Nadie sabe fuera de México quién es Martin Luis Guzmán ni
la importancia del premio que lleva su nombre. Quienes lo
inventaron dieron con una fórmula feliz al decir que era un
"premio de escritores para escritores", insólita cosa en un país
donde los premios, para escritores y para no escritores, vienen
todos del gobierno. La gracia del asunto respecto al premio del
que hablo es que alguien consiguió fondos encubiertos del gobierno para crear un premio de escritores para escritores, in-
dependiente del gobierno: un Taj Mahal de simulación. Sé muy
bien quién y cómo lo hizo, lo diré adelante. Pero su éxito fue
tal que, para el momento en el que esta historia empieza, no
había premio de mayor prestigio en la República que el Martín
Luis Guzmán, de escritores para escritores.

Siempre me ha interesado más la fama que la literatura, más
el poder cultural que la cultura, y más las mujeres de carne y
hueso que los improbables lectores. Tuve desde joven la facilidad
de escribir con precisión. Y de leer las intenciones de los otros
como si las trajeran escritas en el rostro. He recibido los dones
de la síntesis y de la claridad, pero no los de la inspiración y la
belleza. Sé reconocer, en cambio, a primera vista, la grandeza
de otros escritores, el genio del que carezco y que envidio como
el eunuco a los sultanes en su harem.

Empecé a escribir llevado por la envidia de lo que leía, sabiendo desde el principio que no podría escribir nada igual. Me inicié como escritor copiando pasajes que me deslumbraban, entre ellos uno del propio Martín Luis Guzmán, sobre la imaginación de las balas. Fue el primero que publiqué con mi nombre en la revista de la preparatoria, y explica, o ayuda a explicar, mi debilidad y mi oficio. Transfigurando y transcribiendo ese pasaje empecé a hacerme el escritor que soy, un plagiario. Fue mi robo fundacional, hijo de la admiración, no de la infamia. La infamia llegó después, con el éxito.

La admiración es una forma noble de la envidia. De hecho, es envidia al revés, aunque la envidia al revés puede llevar al desdén y al desprecio. Mientras transcribía los pasajes de autores que me habían deslumbrado, de la luz misma que irradiaban los textos iba naciendo en mí la vanidad de descubrir sus imperfecciones y la tentación de cambiar lo que copiaba. Lo cambiaba aquí y allá, tímidamente al principio, desfachatadamente después, hasta tener al final un texto que era el que admiraba, pero deshecho y rehecho por mí. Ahí donde el autor o el traductor había escrito: "Mucho tiempo he estado acostándome temprano", yo ponía: "Me duermo temprano hace algún tiempo, desde que empecé a soñar", y seguía copiando, corrigiendo y deshaciendo el pasaje de mis amores, haciéndolo mío conforme lo traicionaba, al punto de perder en el camino toda posibilidad de saber qué había escrito en ese pasaje el escritor que admiraba y qué había puesto yo.

Fue así como me hice escritor, copiando con humildad y reescribiendo con soberbia las cosas que admiraba.

Nunca me deslumbró el *Quijote*, pero copié muchas veces su principio para contagiarme de su reputada grandeza. Luego de varias copias entendí que esa grandeza se debía sobre todo a su consistencia rítmica. La primera página del *Quijote*, como tal, era léxicamente inentendible, al menos para mí: me perdía por completo en la significación de las palabras. Pero su música era pegajosa y risueña, como una rumba flamenca. Aquello de que el personaje tenía duelos y quebrantos, traducido a su verdadero significado, quiere decir que comía huevos con tocino, pero no suena igual, no tiene el misterio sonoro y melancólico de los duelos y los quebrantos.

Conforme entendía esas cosas de los textos que copiaba, los textos iban perdiendo o adquiriendo grandeza ante mí, a menudo las dos cosas. Y me los iba apropiando sin recato, haciéndolos míos en mi propia versión alterada, sin tener respeto alguno, al final, por lo que había leído de rodillas, al principio. Me iba haciendo descreído ante los milagros del idioma, irrespetuoso primero, luego infractor, luego ladrón, pero no idiota.

Cambié la primera página del *Quijote* lo suficiente para volverla un capítulo de la primera novela mía que ganó un premio: la historia de un hombre venido a menos, aficionado a las telenovelas y enloquecido por ellas al punto de que un día decidía empezar una vida de galán de telenovela, a sus cincuenta y cinco años. Se ponía los trajes y los afeites que veía en la tele y se iba por la ciudad donde vivía asumiendo el papel de galán ante las mujeres hermosas que encontraba en las calles o en los restaurantes de moda de los que era echado sin consideración y donde pronunciaba, sin embargo, largas parrafadas sobre el amor, aprendidas en las telenovelas, que hacían reír a los meseros y despertaban la curiosidad de cuantos lo oían, que eran muchos y variados, y de fantasiosa condición, como la suya.

Todos pudieron entender que mi novela derivaba del *Quijote* pero nadie distinguió nunca, al final ni yo mismo, las incontables frases literales que robé de Cervantes y las otras, incontables también, que añadí deformando las frases originales, trayéndolas, como dicen los economistas, a valor presente, de modo que donde hubo novelas de caballerías, había ahora telenovelas, donde hubo ventas y mesones había hoteles de cinco y dos estrellas, y donde hubo la añoranza de la caballería, había ahora las nostalgias del amor osado más allá de la muerte.

Podría poner aquí un pasaje de aquella novela para ilustrar el procedimiento y poner comillas en las tomas literales que nadie descubrió, pero mi oficio no consiste en poner comillas, sino en borrarlas.

Entraba en los libros con la misma facilidad que entraba en la gente. Me apropiaba de la simpatía, el amor, o la amistad de los demás, con la misma facilidad y parecida alquimia con que me apropiaba de los libros. Podía leer a los demás como si estuvieran escritos. Me acercaba a ellos con solvencia y superioridad pues, al igual que con los escritores, en muy pocos encontraba grandezas inalcanzables. Tenía suerte, sobre todo con las mujeres, una suerte construida, porque, salvo excepciones catastróficas, no venían a mí por ellas mismas, como a mi invencible amigo el galán Ricardo de la Cerda, sino atraídas por mi ingeniería de abordarlas, adularlas, ignorarlas, hacerlas reír, retirarme, insistir y, un día, sin decir nada, estar a sus pies esperando sin pedir, queriendo sin reclamar, en una disponibilidad incondicional que más temprano que tarde llevaba a la confianza, a la confidencia, a la complicidad y a la amistad duradera o a la cama, dependiendo de las edades.

Admiraba lo que los escritores escribían, pero no sus vidas atormentadas, desgarradas por el alcohol, el genio o la estrechez. Desde el principio supe que no quería ser un escritor infeliz en la vida y feliz en su obra, y actué en consecuencia. Nunca tuve la ilusión de que viviría de la escritura. Decidí desde el principio que sería mi propio mecenas y estuve atento siempre a las oportunidades de peculio, influencia y poder que el medio ofrecía.

Fue así como, antes de empezar la carrera de Letras en la universidad, era ya auxiliar de editor en las páginas culturales de *El Imparcial*, cobrando un sueldo pequeño, pero pudiendo vender los ejemplares de los libros que llegaban por kilos a la página de cultura del diario. Y fue en esa condición como empecé a tratar a doña Marcelina de la O, la energética esposa del crítico literario de planta, Antonio Maturana, un viejo periodista, bien leído y bien bebido, que escribía todos los días, sábados y domingos incluidos, una reseña de novedades literarias. Lo hacía con inspiración y solvencia insólitas, en una época en la que las mismas páginas de cultura en los periódicos eran una extravagancia.

Maturana era un mercenario, recibía pagas de las editoriales para elogiar o denostar libros. Pero mezclaba con peculiar sagacidad sus cobranzas con sus preferencias. La brutalidad y la elocuencia de sus ataques hacían creíbles sus elogios. La mitad de ambos eran por encargo y la otra mitad por convicción de lector, de modo que sus iras y sus filias resultaban impredecibles, a menudo contradictorias y por lo mismo sorprendentes, dejando como saldo un denominador común de algo que se parecía mucho a la genuina libertad. Marcelina era clave en aquel balance porque escribía buena parte de las reseñas, administraba las cobranzas y diseñaba el orden de publicación según un *ars combinatoria* que privilegiaba la sorpresa sobre la lógica.

Yo descifré el secreto de su coautoría y del amoroso mando militar de Marcelina sobre las excelencias críticas de su marido desde la primera vez en que, estando en la redacción, en la guardia floja de la mañana de un lunes, entró la cuarentona Marcelina, hecha un vendaval, con las siete notas de la semana agitadas en su mano como un abanico. Me dijo de corrido, sin hacer pausas, cuáles reseñas eran para qué días. Cuando terminó su parlamento, me ordenó:

—Repíteme lo que acabo de decir.

Gané su sonrisa complacida y asombrada cuando repetí exactamente los días que me había dicho y las reseñas correspondientes a cada día.

—Tú vas a llegar lejos —me dijo—. Por lo pronto, a la sala de mi casa. Ven a tomar café el viernes a las seis.

En la sobremesa de aquel viernes, hace treinta y cinco años, oí hablar por primera vez del Premio Martín Luis Guzmán, de escritores para escritores. Marcelina me hizo pasar cuando llegué, como si fuera su ahijado, por un largo pasadizo que terminaba en una sala grande, a la vez comedor, despacho y biblioteca. Estaban sentados a la mesa su marido, el crítico Antonio Maturana, que peroraba sin continencia, y un hombre joven pero calvo, en quien reconocí, incrédulamente, al presidente electo de México. Lo habían elegido dos semanas atrás, en unas elecciones borrascosas que desgarraban a la República, pero escuchaba plácidamente la disertación de Maturana sobre un famoso cacique mexicano, Gonzalo N. Santos, inmortal autor de esta frase temible: "La moral es un árbol que da moras o no sirve para nada".

El presidente electo me saludó con un vuelo de la mano, como si fuera su sobrino, y Maturana con una mirada de afecto, como si fuera su hijo, mientras Marcelina me pasaba por un lado de la mesa, me llevaba a sentar en el escritorio de Maturana, al fondo de la sala, y me ponía enfrente una cesta con hojaldras crocantes, una tasa de talavera y una jarrita de plata con café. La pancita de la jarra de plata estaba tan caliente que casi me quemó los dedos.

No aburriré a nadie con el relato de aquella escena única, pues abundar en ella sólo abonaría a la incredulidad de quien lee. La realidad sobrepasa infatigablemente a la imaginación y los relatos, para ser creíbles, deben sugerir más que copiar la realidad, cosa que hago aquí mismo. Digo sólo que, al terminar la sobremesa, el presidente electo se levantó de su lugar y le dijo a Marcelina y a Maturana:

—Lo del Premio Martín Luis Guzmán, de escritores para escritores, considérenlo hecho. Vamos a innovar en eso también.

Se despidió de mí con el vuelo de la mano, como si fuera su sobrino, y de Maturana con un abrazo largo, como si fuera su padre. De Marcelina, con un beso en la mejilla.

El presidente electo era muy alto y Marcelina tuvo que ponerse de puntas para alcanzarlo, lo que me permitió a mí ver sus sorprendentes nalgas de pera, delineadas bajo la falda drapeada, una falda azul de pliegues bamboleantes, que descubría también su pantorrillas de bailarina, inverosímiles para mí, dados sus años, entonces como ahora sólo veinte más que los míos.

La sutil ingeniería de Marcelina y Maturana para hacerse de un patrimonio y estatuir al mismo tiempo un premio de escritores para escritores tiene detalles de manipulación financiera que ignoro, al revés de su despliegue, que conozco al detalle. Marcelina y Maturana crearon una asociación civil de Amigos del Libro, a la que el presidente dotó con un fondo secreto descomunal, del que Marcelina y Maturana fueron ordeñando los intereses para estatuir un premio, de monto inicial muy escaso, que al principio decían pagar ellos de sus propios ingresos y después, decían, con colectas filantrópicas de patronos que engrosaban la suma cada año.

Cada año se daba a conocer en una conferencia de prensa el monto del premio de ese año, y dos semanas después el fallo del jurado. El jurado lo presidía siempre Maturana, pero Marcelina y él lo integraban con espíritu de genuina pluralidad, sólo con escritores de prestigio, saltando por encima de amiguismos y cofradías, y renunciando a toda pretensión de manipular la votación o inducir los resultados.

Ponían la mesa y dejaban jugar.

Maturana y Marcelina eran unos artífices de la manipulación, pero eran grandes y genuinos lectores. No dejaban pasar a la consideración del jurado ningún libro de cuya calidad tuvieran duda, pero dejaban pasar muchas veces libros que Maturana había masacrado por encargo, aunque admiraba en su fuero íntimo, detalle que le daba a la elección de los títulos un aire de genuina probidad. Muchas veces ganaron el premio libros que Maturana había criticado salvajemente, lo que hacía crecer el prestigio de la deliberación del jurado como no sujeta a compromisos ni arreglos previos. Muchas veces sorprendí en Marcelina y Maturana el goce supremo de ver premiado un libro que admiraban en secreto, aunque lo hubieran denostado en público.

Pronto pudieron poner la regla de que los donativos para el premio fueran anónimos y de que les creyeran. Pudieron así disponer de montos cada vez mayores del fondo de la asociación para su propio patrimonio y para hacer codiciable el premio, no sólo por su prestigio, también por su dinero. El prestigio de los premios crece con su credibilidad pero se multiplica con su dinero. Fue el caso del Premio Martín Luis Guzmán, de escritores para escritores. Terminó siendo el de mayor prestigio y el de mayor monto de México.

Maturana murió a los veintidós años de instaurado el Premio Martín Luis Guzmán, escritor portentoso que había sido mentor de Maturana. Marcelina heredó el fondo, el premio y el mecanismo. La firma de Maturana desapareció de los diarios, pero Marcelina se las ingenió para conservar su columna con el mismo título, Literalia, y para acoger en ella a críticos jóvenes, que no firmaban con su nombre pero que ella seleccionaba, con ojo impecable, y hacía crecer hasta que su diversidad de gustos y fobias devolvía a la columna su imprevisibilidad y su sorpresa. Yo fui uno de esos críticos anónimos antes de que Maturana muriera, cuando ya no podía escribir sino mal dictar, y Marcelina necesitaba un amanuense que conservara el gigantesco secreto de su coautoría sobre la columna epónima de su marido. Fui su cómplice en eso hasta que Maturana murió y la ayudé luego a encontrar la solución esbozada arriba, para mantener la columna sin la firma de Maturana y, poco a poco, sin la autoría secreta de Marcelina, enferma, por su parte, de enfisema.

Para entonces, el Premio Martín Luis Guzmán, de escritores para escritores era el acontecimiento literario del año. Un año antes de morir, Marcelina tuvo el capricho, por primera vez en la historia del premio, de imponer una novela ganadora. Esa novela fue la mía. Marcelina pudo imponer su decisión porque a esas alturas nadie se atrevía a desafiar su matriarcado en el espacio del Premio y porque juzgó genuinamente que mi novela merecía el galardón.

Mi novela sí, pero yo no, como habría de descubrirlo Marcelina en los últimos días de su vida, justamente los de la tormenta que cayó sobre su premio, y sobre mí.

2

El martes me acusaron en la prensa de haberme plagiado unos artículos periodísticos.

Marcelina fue la primera en llamarme el martes funesto en que la acusación de plagio contra mí apareció desplegada en las planas interiores de la siempre interior sección de cultura de los diarios.

Esta vez en *El Imparcial*, dónde más.

El Imparcial no era el mejor diario del país, ni el más influyente, pero sí el más combativo y el más poderoso en el mundillo mercurial de la cultura. Era poderoso, particularmente en la comunidad universitaria, mi reino delegado, donde su influencia alcanzaba proporciones de monopolio. Era un viejo diario de izquierda, tan viejo como la izquierda que lo había fundado, con dinero del gobierno, para pelear por causas del siglo anterior, perdidas en todas partes menos en sus páginas.

—Es una infamia —sentenció Marcelina, quien aborrecía el diario en el que había fincado su fortuna—. Tú no puedes haber hecho esto que te acusan, aunque te prueben que lo hiciste. ¡Aunque te lo prueben! ¿Me entiendes?

En este punto la sofocó el enfisema. Siguieron toses y sibilancias que, en otra coyuntura, me hubieran partido el alma. No en aquella, que no dejaba espacio sino para el estado de alerta. Escuché ahogarse a Marcelina, siempre un poco ciega de afición por mí, hasta que recobró el aliento y pudo escuchar mi negación airada de los hechos.

Puestos a negar, hay que negar airadamente.

Era la temporada de la negociación de los presupuestos publicitarios de la universidad con los diarios. Yo era el encargado de eso y sostenía en aquellos días, como cada año, una batalla campal contra la voracidad de los solicitantes. Me odiaban porque no podían engañarme. Conocía bien los diarios, su alcance, sus lectores, sus mañas comerciales. Durante años había estado del otro lado del mostrador pidiendo pautas para los diarios donde trabajaba, entre otros para *El Imparcial*, *alma mater* de mi impudor periodístico, trampolín de mi doble carrera de escritor y cacique de la cultura.

En mi paso por *El Imparcial* había adquirido el conocimiento y las influencias necesarias para quien quisiera, como yo, no sólo hacer periodismo y escribir, sino construir una ciudadela que lo protegiera de las miserias del mercado literario y de la estrechez de las clientelas culturales, una colección de tribus endógenas que peleaban a muerte por los pequeños presupuestos y los pequeños espacios. Incluso los autores consagrados penaban, igual que todos, por los mordiscos que recibían en reseñas literarias publicadas en diarios y revistas que nadie leía, que sólo circulaban en el circuito de sus vanidades alertas, insatisfechas con todo lo que no fuera el elogio atómico, la admiración incondicional.

Maniobré todo aquel martes para evitar que la puñalada de *El Imparcial* pasara a los demás diarios. Me apresuré a concederles en unas horas los presupuestos abusivos que les había negado por semanas. Durante toda la mañana y toda la tarde, en sucesivas entrevistas, repartí obsequiosamente una buena lonja del presupuesto cultural de la universidad, que no era cualquier cosa.

La universidad gozaba de la peculiar ventaja de vivir generosamente del dinero público sin ser fiscalizada por las autoridades, pues era autónoma, es decir, inauditable, por razones históricas que explicaré adelante, o no explicaré. De nada sirvieron mis concesiones y mis untos, como llamaban a eso en la Nueva España. Los diarios habían olido la sangre que salía por mi costado y trajeron su bidón a llenar. Les debía mucho de negociaciones anteriores. Nadie repartía tanto dinero como yo y a nadie se lo agradecían menos, a nadie odiaban más.

Había una estupidez intrínseca en ese *quid pro quo*, pero era invisible a mi suficiencia. Me envanecía ser el más odiado y el más cortejado dispensador de presupuestos en el mercado de la publicidad cultural. Mi fama era apenas inferior a la realidad. Parte torcida de mi gusto era hacerles sentir mi poder sobre sus necesidades, darles largas, imponerles descuentos, no gastarme nunca el presupuesto acordado cada año sino tenerlos siempre en deuda conmigo cuando llegaba la hora de la siguiente negociación. No tenía respeto por ninguno de ellos, ni por el trabajo que nos unía, que no era otro que moldear sus lenguas y aceitar sus voluntades. Hablaban pestes de mí a mis espaldas y yo encontraba en eso un timbre de orgullo. Le decía a mi amigo el Ingeniero y Rector, ahora mi examigo:

—El día que estos te hablen bien de mí, será que te estoy robando con ellos.

Voltaire aparecía como autor de la denuncia en *El Imparcial*. Me acusaba de haber publicado en ese mismo diario, muchos años atrás, una serie de artículos plagiados, en todo o en parte. El descubrimiento de mis plagios, dijo, era parte de una investigación en curso, que recorría toda mi obra, no sólo como periodista, también como autor de ficción, de la que podía aportar por lo pronto estas pruebas parciales, pero contundentes. Y procedía entonces a presentar al diario uno de mis artículos plagiados, comparando párrafo por párrafo lo que yo había firmado y lo que había firmado en una revista médica española un tal Eduardo Manzana, desconocido autor de mis amores.

Debo reconocer que al ver reproducido los artículos gemelos en la plana entera de *El Imparcial*, tuve el sentimiento trágico, propiamente carcelario, de haber sido descubierto como flagrante autor de un crimen que en mi cabeza había prescrito, pues pertenecía a una época particularmente descuidada de mi oficio profesional de plagiador. Había sido aquella una época de amores promiscuos, y yo había incurrido en una promiscuidad equivalente como plagiario. Lo que quiero decir es que había cedido por una temporada a la estupidez mayor de reproducir lo plagiado sin alteración ni alquimia, tal como lo había encontrado en lugares de imposible acceso entonces, a principios del siglo, pero de fácil cotejo ahora, con la mierda panóptica del internet y las redes sociales.

Vivía entonces en Barcelona y acudía al consultorio de una hermosa dentista sevillana que acabaría puliendo con su lengua el puente, como un Golden Gate en miniatura, que ella misma había puesto entre el primer y el tercer molar derecho superior de mi accidentada aunque blanquísima dentadura.

Accidentado por dentro, blanquísimo por fuera, ese soy yo.

En la sala de espera de mi dentista sevillana me topé el primer día con un prodigio de revista médica, llena de anuncios de laboratorios y equipos clínicos, pero dedicada íntegramente a la más exquisita colección de traducciones y crónicas literarias. Entré a la consulta hojeándola y seguí mirándola de reojo mientras la doctora sevillana, a la que aquí llamaré Susana Rancapino, hurgaba mis encías inflamadas y mi segundo molar superior derecho, perdido sin remedio.

—Déjese estar —me dijo, con una voz ronca que me calentó el oído medio, porque no la dejaba maniobrar a sus anchas en mi empeño de explorar la revista magnética.

Al salir del consultorio, con el veredicto de extracción y puente y dos meses prometedores de frecuentación de las formas morenas y las manos sutiles de Susana Rancapino, busqué en el revistero los números atrasados de mi joya y hallé tres.

Vi con anticipación la cascada de artículos que venían hacia mí de aquellas páginas, como ve Macbeth el cuchillo que lo guía a la tienda del rey Duncan. Y, como Macbeth, perdí también el sueño aquella noche. Casi me amanecí hurgando y marcando en mis cuatro ejemplares los artículos que me iba a robar.

Hay una pasión en el plagiario que se comprende mal y es ésta: su delito va acompañado de la admiración, roba porque admira, porque en su interior lo que roba alcanza una dimensión estética única, inalcanzable para él, a la que sólo puede acceder, y sólo puede honrar, de dos maneras: reproduciéndolo tal cual, versión caníbal del oficio, o transformándolo lo suficiente para que sea irreconocible a primera vista, pero conservando intacta, en su más profundo poso, la huella original del deslumbramiento que invitó a plagiarlo.

Nada me deslumbró tanto en aquellos ejemplares como la columna que abría rutinariamente la revista. La firmaba un Eduardo Manzana y se llamaba, sin ninguna originalidad, Vida de los poetas. Estaba dedicada a esbozar la vida de grandes autores en dos páginas escasas que abrían la revista, cuyo nombre, *Un gallo para Esculapio*, recordaba las enigmáticas palabras de Sócrates al morir, según las cuales había que sacrificarle un gallo a Esculapio o Asclepios, el dios griego de la salud y, a su manera, de la muerte.

Ah, el placer de las resonancias misteriosas de aquel misterio, cruzado por los brazos de Susana Rancapino, el crimen de Macbeth, la inmensidad de la cultura y yo, que iba a agregar al caudal inconmensurable de lo creado mi copia anónima, mi inconfesable y misteriosa mímesis con lo digno de ser repetido, reciclado, venerado mediante el robo y la duplicación.

Escribía entonces una columna literaria semanal que publicaba en *El Imparcial*, dónde si no, pero cuya sindicación había negociado cuidadosamente con quince diarios de ocho países, de los que cobraba suficiente para vivir en la España de entonces, antes del éxito, el engreimiento y el encarecimiento, como un pequeño marqués mexicano, pues tenía además el mejor de los puestos que había, luego del consulado de Milán, en el servicio exterior, el de cónsul en Barcelona, por el que ganaba en dólares lo que un embajador en cualquier país africano o de la Europa del Este, una fortuna. El flujo que llegaba por mi columna sindicada duplicaba el flujo de mi consignación diplomática, por lo que puede decirse que era entonces inmensamente rico, y podía ahorrar y derrochar a la vez, como los verdaderos ricos, que entre más gastan, más ganan, pues hay un momento en que no pueden gastar sin invertir, salvo que sean unos idiotas.

La perdición de ahora con Voltaire y sus revelaciones a *El Imparcial* había sido mi bendición de aquel entonces. Me refiero puntualmente a la susodicha Susana Rancapino, con quien caí en furibundos amores. Quería verla todo el tiempo que le dejaba libre el consultorio y ella quería verme a mí, de modo que salíamos todas las noches a reventarnos por los bares de mala y buena muerte de Barcelona, y por los restoranes de lujo, en particular el Botafumeiro, que repetíamos dos o tres veces a la semana, antes de encerrarnos en mi departamento, que miraba a las Ramblas y a la casa contrahecha de Gaudí, donde me mareaba pensar que alguien vivía.

No tenía tiempo salvo para el consulado y para Susana, aunque el consulado en realidad no me quitaba tiempo alguno, sino que me pasaba el día esperando la hora en que Susana me llamara para ir a almorzar velozmente, de modo que ella pudiera regresar al consultorio, del que salía como muy tarde a las siete para empezar nuestra ronda amorosa de Barcelona. No sé cómo podía Susana levantarse al día siguiente, fresca de haber bebido y follado de más, como se dice allá, luego de haber dormido sólo unas horas, pero es la verdad que aquel ritmo la llenaba de energía y de algo como un brillo en las mejillas y en el vidrio medio loco, negro, de los ojos. Yo requería de media mañana para volver en mí y de una siesta breve que me devolvía, como a Churchill durante la guerra, la posibilidad de extender mi día útil hasta el umbral de la madrugada.

¡Ah, Susana Rancapino!

Duramos tres meses locos y terminamos bruscamente porque me sorprendió una tarde, en horas de su consultorio vespertino, cruzando confidencias con una joven escritora mexicana que presentaba ante la canalla literaria local su primera novela, lo mismo que sus esbeltas piernas, largas como su pelo y como los dedos de sus manos. Las confidencias, debo decir, cruzaban de mis labios a su oreja y de los suyos a la mía, mientras nuestros pies descalzados se pisaban por debajo de la mesa del Café de L'Opera.

Que Susana nos descubriera en esa mala posición fue una desgracia provinciana, no tan inusual en una ciudad cosmopolita que de cualquier modo cabe en un pañuelo. Luego de aquella escena, no pude penetrar nunca más el círculo del amor herido de Susana Rancapino, la perdí. Pero antes de aquel momento desdichado, hijo del invencible y ciego azar, durante tres meses estuve tan lleno de ella que el día del envío de mi columna a mis diarios sindicados me encontraba siempre sin haber hecho el trabajo y en la inminencia de trabarme una vez más con Susana en nuestra rutina de pertenencia y despilfarro.

—Necesito tres horas de trabajo esta noche, Susana. A las doce se cumple mi *deadline*.

—Qué dez lain ni dez lain —decía Susana, colgándose con las manos de mi cuello—. A la mierda el dez lain. Qué me vale a mí eso del dez lain sino como pretesto de hombreh pusilánimeh.

Todas las eses terminales eran haches cuando no jotas en los labios silbantes de Susana Rancapino, que no ceceaba.

Fue en esos meses cuando incurrí por única vez, pero varias veces, en el plagio idiota, que es el plagio textual, una vulgaridad indigna, ajena por completo a la alquimia de mi oficio. En semanas sucesivas tomé las luminosas columnas de Eduardo Manzana, una sobre Conrad, otra sobre Melville, otra sobre Rubén Darío, otra sobre Céline y una última sobre Kipling. Pude meter algunos cambios cosméticos en las de Kipling y Darío, pero las otras sólo las transcribí con la velocidad de mecanógrafo vertiginoso que es una de mis grandezas secretas, y las di a mi secretaria para que las enviara una por una, mediante el hoy inexistente fax, a las quince redacciones de los diarios cuyos pagos duplicaban mi mesada barceloneta.

Recuerdo haber despertado una noche aquellos días, sobresaltado, alzándome como un loco de entre los senos duros de Susana, con la frase mortal martillándome el cerebro: "¡Lo mandaste literal!", como si hubiera matado a alguien y mi conciencia lo gritara.

Un crimen es un crimen, aunque cada quien tiene su tamaño criminal. El mío llegaba sólo al plagio pero su pena terminó también matándome el sueño, como a Macbeth. Me lo mató unos meses y durmió luego, por mucho tiempo, el sueño de los justos, que en mi caso era el sueño de la impunidad, hasta que volvió a la superficie, intacto, insomne, en las páginas de *El Imparcial* asaltadas por Voltaire.

Ahí estaba mi texto sobre Melville, idéntico palabra por palabra, coma por coma, párrafo por párrafo, al texto paralelo de Eduardo Manzana a quien nadie conocía salvo yo, que lo había olvidado.

Lo reconocí con un gong en las sienes y un grito silencioso que bramaba otra vez dentro de mí, sobre los pechos dormidos de Susana Rancapino: "¡Lo mandaste literal!".

La estocada de Voltaire en *El Imparcial* cruzó con agravantes a las páginas de otros diarios. Quiero decir que se hicieron eco de la denuncia abreviando el hecho de mi plagio y subrayando la posibilidad de que mi plagio pudiera contaminar a la universidad, de la que todos eran devotos custodios. Así pagaron mi aquiescencia del día anterior a sus pretensiones económicas: defendieron a la universidad y me dejaron a mí en campo abierto para que me defendiera por mi cuenta, si podía.

Voltaire fue más inteligente que eso. Llevaba la delantera noticiosa y la conservó. El día en que los otros diarios repitieron su nota sin citarla, rasgándose las vestiduras por la universidad, cuyos dineros yo les había concedido el día anterior, Voltaire dio a *El Imparcial* lo que yo temía: la segunda, la tercera y la cuarta constancias del plagio vulgar de Eduardo Manzana en que había incurrido yo, diez años atrás.

El Imparcial publicaba ahora una cuarta parte de los artículos firmados por mí. Cada cuarta parte de lo que yo había firmado era idéntica a la cuarta parte correspondiente de la admirable pluma de Eduardo Manzana. Confieso que, antes de afrentarme y ponerme en alerta a la vista de mi repetida y cuadruplicada desgracia, me demoré en la lectura de aquellas frases notables que Manzana había urdido sobre Darío, sobre Céline y sobre Kipling, frases inacabablemente dignas de ser leídas, copiadas, releídas, reescritas bajo la autoría del que fuera, Manzana o yo.

¿Por qué nadie podía olvidar a Eduardo Manzana y leer como mías las frases que él había escrito, las frases que los lectores de *El Imparcial* habían leído y olvidado como mías diez años antes, sin pensar que eran tan dignas de atención y tan reveladoras como ahora que aparecían idénticas a las frases de un Eduardo Manzana al que no conocían, pero al que empezaban a admirar por el hecho de que yo lo hubiera copiado?

Eran incapaces de reconocer en mí la grandeza de los textos que había escrito Eduardo Manzana por el simple hecho de que los hubiera publicado hace diez años con mi nombre. Ahora parecía claro que eran textos geniales porque resultaba inexplicable que los hubiera escrito yo. La iletrada canalla literaria: concedían al autor desconocido la grandeza y los elogios que no me habían concedido a mí cuando firmé como míos aquellos textos. Ahora podían decir, como decían, inducidos por Voltaire, que en su momento ya habían sospechado que aquellos artículos no podían ser tan buenos siendo míos, que había algo raro en aquella brillantez venida de mi pluma.

Pensar en esto podía hacerme llorar, pero no era momento de llorar. Veía a la canalla literaria que había llenado de prebendas venirse contra mí para demostrar que nada me debían. Y conocía muy bien la eficacia limpiadora de gritarle ladrón al que nos ha dado parte de sus robos.

La situación era grave pero defendible. Se trataba en realidad del plagio de cuatro artículos de prensa, de hacía muchísimos años, que yo podía negar con tajante soberbia (y un dinero adicional para los diarios, pidiendo que olvidaran el asunto). Podía también, mejor, aceptarlo humildemente, decir que en aquellos tiempos de penuria y locura como escritor no había encontrado otro camino a la autoestima que aquella lamentable elección de copiar unos textos geniales y morirme de vergüenza el resto de la vida, la vergüenza que los desesperados no saben ni pueden tener, porque no calculan que los perseguirá toda la vida.

Hablé del tema con mi amigo el Ingeniero, el Rector, hoy mi examigo, y me recomendó una cosa que había practicado varias veces, con éxito, con su mujer:

—Niega, cabrón. Niega aunque te encuentren en la cama. Niega y paga a nuestros amigos para que no nos estén chingando.

No le hice caso porque me pareció de un cinismo indigno de la calidad de mi pecado, que era, al fin y al cabo, un pecado de artesanía. Quiero decir: un pecado de omisión, que hablaba mal de mis dones, de la verdadera dimensión de mis pecados. Había fallado cuatro veces en mi oficio superior de plagiario, transcribiendo textualmente lo que robaba. Pensé que podía conceder eso como un perdonable pecado de juventud.

Eso hice. Así me fue.

Concedí el plagio que me habían descubierto como un pecado de juventud y pedí perdón en público, disciplinándome como reo ante la inquisición.

Cuando el Ingeniero Rector vio mi penitencia en los periódicos me dijo: "Te ordené otra cosa".

Nunca había usado conmigo el verbo ordenar, aunque en su cabeza yo hubiera sido siempre su ordenanza. Su manera de dirigirse a mí, celebrando cada dos frases nuestra amistad o nuestra confianza, era sólo el almohadón donde se escondía el estilete de su autoridad. Hablárame como me hablara, amistosa o preocuponamente, al final del soliloquio, lo que había era una orden. No una sugerencia, un intercambio de dudas o consideraciones amistosas, sino una orden.

Yo había entendido esto desde el primer día en que lo traté como Rector nombrado, el día que me invitó a almorzar para ofrecerme el presupuesto de cultura de la universidad, cuando a media comida perdió la servilleta que tenía entre las piernas y me dijo:

—Hermano, por favor, dile al mesero que me traiga otra.

Nunca me había olvidado de aquella escena. Desde entonces me había propuesto no vivir nunca con mi amigo el Ingeniero Rector la novela típica de las mujeres a las que mantiene su marido y nunca hacen las cuentas de quién manda porque nunca hacen las cuentas de quién pone el dinero. Decidí, por el contrario, que sería una esposa arpía con mi amigo, ahora mi examigo, que estaría bajo su mando sin chistar, drenándole de los bolsillos todo lo que pudiera, lo cual hice, hasta que llegara el momento en que él exigiera sus fueros de mando y yo pudiera mandarlo a la mierda llevando en la faltriquera, fuera de su control, lo que le había sacado.

Para el momento en que me dijo "No es lo que te ordené", le había sacado bastante, pero me había quedado enganchado en la megalomanía de pensar que lo tenía en un puño y que él retrocedería espantado si lo amenazaba con irme de su vera, en una ruptura sulfúrica con dimes y diretes en la prensa.

Lo conocía muy bien. No era un cobarde, sino un oportunista, y cuando la oportunidad aparecía con claridad ante sus ojos, el no cobarde se volvía valiente y aun temerario, por miedo a perder la oportunidad que se le presentaba.

Mi amigo el Ingeniero y Rector, ahora mi examigo.

3

*El jueves me acusaron de haberme plagiado también el tema
de mi novela.*

La situación era comprometida, como queda claro, pero podía
remediarse con un poco de humildad frente a los críticos, la
humildad del confeso y un tranco de cortesanía con el Ingeniero Rector, al que le gustaban los elogios en privado tanto
como los reconocimientos en público.

Me dispuse a pedirle disculpas de muy alta calidad adulato-
ria, cosa que había probado con éxito en otras ocasiones para
levantar su ánimo, proclive a la melancolía o quizá sólo diestro
en el arte de dejarse caer para que lo levantaran.

Empecé mi batalla al día siguiente, presentándome al alba en
su casa, sin avisar, debidamente despeinado y desafeitado, para
abrirle mi corazón y declararme su reo. Es decir, para decirle que
del momento oscuro en que me hallaba sólo podía rescatarme
su generosidad y sólo podía curarme su protección. No llegué al
extremo de llorar, porque no hizo falta. El espectáculo de mi
subordinación despejó instantáneamente de su rostro el rictus
de la sorpresa mañanera, y tornó su ánimo erizado en un campo de superioridad rumbosa ante la manumisión del amigo,
ahora amigo manumiso, dócil a las jerarquías naturales, a saber:
que él era el Ingeniero Rector y yo sólo su empleado.

Quedó curado el entuerto de su posible dureza antes del
desayuno, pero seguí curándolo durante el día en dos actos que

él tenía dentro del campus universitario, uno en la facultad de ingeniería, donde iba a recibir a un premio nobel argentino, y otro en la propia rectoría, donde iba a celebrarse una reunión del consejo universitario. Como era de rigor en aquellos actos, yo cuidaba de que hubiera siempre unas buenas tandas de aplausos a la llegada y a la salida de nuestra autoridad. Me aseguré aquel día de que las tandas duraran ostensiblemente más de la cuenta, aprovechando que el día anterior el equipo de futbol había ganado su pase a la liguilla del fin del campeonato mexicano.

Mi amigo el Rector, ahora mi examigo, no tenía nada que ver con ese triunfo, pues el equipo era administrado por unos empresarios ajenos a la universidad, que usaban al equipo como una franquicia, pero a mi amigo le gustaba ir a los partidos y recibir elogios públicos de los empresarios por su sencillez, su espíritu de colaboración y su conocimiento del juego.

De estas cortesías políticas de los usufructuarios del equipo, yo había sacado la idea de una falsa pero sutil y persuasiva campaña sobre el modo en que mi amigo el Rector, como buen ingeniero, había llegado a poner orden y a coordinar esfuerzos en la organización deportiva, de modo que el buen desempeño del equipo, fruto de la inversión de los empresarios y de su conocimiento de las trapacerías propias del medio, habían ido a parar, tenuemente, falsamente, aduladoramente, a la cuenta del Ingeniero Rector.

El hecho es que todo mundo lo felicitaba cuando el equipo ganaba y todo mundo lo dejaba pasar sin comentario cuando perdía. Los aplausos estalinianos que aceleré aquel día por un momento se pasaron de tueste y parecían no terminar. Pero cayeron dentro de la lógica descrita y halagaron a mi amigo el Rector, ahora mi examigo, todo lo que duraron. Tanto así que por la noche me invitó a descorchar una botella, como en los viejos tiempos, por los buenos tiempos que soplaban ahora sobre la universidad y sobre nosotros. Entendí que el plural me absolvía. No bebí de más. Le escancié casi toda la botella.

Así terminó el miércoles, felizmente, y dormí tranquilo hasta la primera hora de la mañana siguiente, cuando llegó el periódico. Lo recogí bajo la puerta y registré con mis propios ojos, como en una prolongación del sueño, las dos columnas de la primera plana de *El Imparcial*, en las que Voltaire me asestaba su golpe maestro, acusándome de haber plagiado no sólo los artículos de marras, de los que me había confesado culpable, sino la mismísima novela ganadora del Premio Martín Luis Guzmán, de escritores para escritores. Y de habérsela robado nada menos que al mismísimo Martín Luis.

Antes de leer supe que Voltaire decía la verdad, que me había descubierto: había tocado el corazón de mi novela ganadora, mi corazón como simulador experto de las letras, como plagiario maestro. Eso que él denunciaba era lo que yo sabía que había hecho. Me faltaba saber sólo con cuánta exactitud conocía mi delito, con cuánto detalle.

Me explicaré:

Quizá las letras no proponen y en el fondo no reciben otro intercambio profesional que el plagio. En la historia de todas las literaturas, por unos cuantos inventores genuinos, hay un ejército de repetidores. En el fondo, la historia de la literatura no es sino la de una cadena de escribanos tratando de imitar lo que han amado en otros autores, las metáforas fundamentales, los argumentos inapelables, las pasiones gemelas que han descubierto y cifrado unos cuantos genios, verdaderos portavoces del genio de la lengua, que en el fondo no pertenece a nadie, sino que vive y se propaga por sí mismo. La historia de la literatura toda puede verse como un enorme palimpsesto donde quizá lo han dicho todo sólo un puñado de autores del que los demás son torpes o avisados copistas.

Bien mirado, los autores no son sino mezclas de autores, plagiarios tímidos o inconscientes de lo que han leído y se ha quedado impreso en ellos, a veces sin que se den muy bien cuenta de esas huellas.

Mis libros podían ser descifrados como plagios con sólo poner un poco de atención a las resonancias disfrazadas que había en ellos de autores relativa o abundantemente célebres, pues eran claros sus ecos argumentales, sus alusiones clásicas. Pero aquellos ecos, aquellas alusiones, descubiertas y señaladas por muchos críticos, solían reconocerse en mis libros como una forma de la originalidad, como parte de un oficio de transfiguración o de intertextualidad, palabrotas que no son mías, sino de los críticos de marras.

Lo que Voltaire hizo fue mucho más inteligente y profundo que exponer estos modos trillados de mi supuesto "estilo intertextual". Él fue a buscar mi simulación específica, mi copia única, y la encontró con precisión homicida en la repetición de una estocada de la que no juzgo exenta a Dalia, mi exmujer, pues a ella, en una noche de amores totales, tuve la debilidad de confesarle mi orgullo más hondo, el secreto mayor de mi arte de plagiario, mi manera única, intransferible, de robar.

Nada tenía que ver ese arte con las vulgaridades de copiar literalmente en que había sido sorprendido, o de construir palimpsestos intertextuales, que me reconocían como un don. Mi manera era copiar profundamente, creando desde adentro de lo copiado, copiando tributariamente el espíritu y el ser, la originalidad y la belleza del modelo, sin que nadie pudiera decir que era un plagio, salvo que supiera las claves.

Y eran esas claves las que yo le había dado a mi mujer, ahora mi exmujer, en una noche de efluvios y se las había dado precisamente a propósito del libro que me había ganado el premio. El asunto increíble y mortífero del caso es que a quien yo había plagiado era precisamente al escritor Martín Luis Guzmán. Lo había hecho con tanta inspiración y cuidado que aún los mejores lectores podían pasar sobre las muchas páginas del crimen sin encontrar en ellas un rastro del delito, salvo por un par de claves, cuyo conocimiento, sin embargo, como con los números de una caja fuerte, daba entrada plena y cristalina al resto del mecanismo.

El mecanismo de copia de Guzmán había sido construido desde el interior de su novela *La sombra del caudillo*, la historia de una fallida rebelión militar que le cuesta la vida a los conspiradores. Es una novela luminosa en su concisión y en su pulso trágico, sobre la lucha por el poder revolucionario de México en los años veinte del siglo pasado, lucha fácilmente trasladable, para un copiador como yo, a un tiempo de violencia más reciente del país, digamos, los inicios del siglo XXI. Fue lo que hice: contar la historia de una conspiración del México revolucionario de los años veinte del siglo pasado, en el interior de una lucha por el poder dentro de un cártel del narcotráfico del México violento de principios del siglo XXI.

No eché mano de la claridad tolstoiana del original, perfección fuera de mi alcance, sino de cierta abundancia arcaica del lenguaje. Pero traspuse con rigor la trama y la posición equivalente de los personajes. Convertí el Congreso de los diputados de la obra original en una discotec de cuatro tubos, el Palacio Nacional en una mansión de dos piscinas, a los ejércitos revolucionarios en cárteles de la droga, al Caudillo triunfante sobre sus pares en un triunfante capo paranoico, al general levantisco en un levantisco capo rebelde, a su consejero político en un abogado criminal, a la hermosa Rosario de *La sombra del caudillo* en una exreina de belleza de Sinaloa, y a los ejecutores de los revolucionarios insurrectos en una pandilla de sicarios, formada por exmilitares de élite, con lo cual la serpiente del plagio se mordía, no tan sutilmente, la cola.

El trofeo de la guerra, por último, no era la presidencia de la República sino el dominio de la ciudad fronteriza de Ciudad Juárez para pasar droga al otro lado.

Cambié el orden cronológico de los capítulos, cambié los diálogos, los escenarios, los atuendos de los personajes. Pero copié literalmente lo sucedido en cada capítulo, su lógica dramática, el sentido psicológico de sus escenas y sus diálogos, de modo que en mi novela los narcos actuaban, con otras palabras y en otro tiempo, exactamente lo vivido por los personajes de *La sombra del caudillo*: la historia de un asalto fallido al poder y su espeluznante desenlace.

Al cambiar el orden de los capítulos, la sucesión narrativa cambió también. En lugar del flujo firme, clásico, sucesivo de Guzmán, tuve una secuencia entrecortada, alterna, discordante, a la Rulfo o a la Faulkner, más familiar a las supersticiones y al entrenamiento del lector moderno, obligado a la lectura fragmentaria de las novelas de su tiempo, que él debe ordenar en su cabeza, no simplemente leer. Esa complejidad artificial convenía mucho a mi propósito. Las mamparas de modernidad narrativa ocultaban adecuadamente la claridad clásica del relato original, el uso literal de sus escenas y del juego dramático de sus personajes.

Así, el capítulo final de *La sombra del caudillo* fue el primero de la mía. En ese capítulo final de Guzmán vemos al homicida del general Aguirre entrar a una joyería, escoger un collar y pagar con un fajo de billetes que tienen todavía la muesca chamuscada de uno de los tiros que mataron a Aguirre, cuyo coche Cadillac, referente simbólico del éxito a lo largo de la novela, espera al matador fuera de la joyería, como señalando que, en la lógica profunda de aquellos tiempos, los verdugos heredan el botín de sus víctimas.

En mi capítulo, el jefe de sicarios que orquesta la ejecución del capo rebelde, en una discotec de moda, entra a una joyería buscando un collar de oro igual al que trae en la mano, manchado de sangre. Compra cuatro collares y los reparte entre sus secuaces, que lo esperan en una Suburban negra, custodiando a la hermosa muchacha arrancada del capo muerto esa madrugada, lo mismo que el collar de oro manchado de sangre. Es la proclamación en mi novela de las sencillas y salvajes reglas del mundo de la novela de Guzmán: el ganador gana todo.

Mi novela avanza desde este desenlace hacia su historia en una secuencia alterada temporalmente, pero copiada a conciencia del modelo original, personaje por personaje, escena por escena, constelación por constelación de cruces y triángulos dramáticos.

Como he dicho, en todas mis obras solía dejar sembradas algunas frases textuales del original, tan mezcladas con su nuevo entorno que era imposible reconocerlas. En mi trabajo sobre

Guzmán me pasé varias rayas de esta manía, excedí todos mis límites. Decidí dejar en cada capítulo al menos dos frases literales del texto y tuve la debilidad, la vanidad suprema, de subrayarlas en un ejemplar para Dalia, mi dalia, como una revelación de los alcances de mi oficio y de rendición de mis ejércitos ante la fortaleza de su cuerpo, y ante su mirada espírita, sonámbula, poseída, que había tomado posesión de mí.

Ejemplifico lo de las frases literales:

Sobre Rosario, la heroína dispendiada de *La sombra del caudillo*, un ángel simple, corrompido por el amor corrupto y corruptor del general Aguirre, Guzmán escribió:

A esa misma hora esperaba Rosario, bajo las enhiestas copas de la calzada de los Insurgentes, el momento de su cita con Aguirre. Paseaba ella de un lado para otro y la luz, persiguiéndola, la hacía integrarse en el paisaje, la sumaba al claro juego de los *brillos húmedos y transparentes*. Iba, por ejemplo, al atravesar las regiones bañadas en sol, envuelta en el resplandor de fuego de su sombrilla roja. Y luego al pasar *por los sitios umbrosos* se cuajaba en dorados relumbres, se cubría de diminutas rodelas de oro *llovidas desde las ramas de los árboles*.

Yo escribí:

El Grande esperaba a Rosalba a la salida de la escuela preparatoria y la veía venir por la ancha acera, flanqueada de las jóvenes jacarandas que interrumpían cada tanto, con la sombra de sus copas, las franjas del sol de mediodía. Rosalba caminaba por ese túnel como si flotara, en un claro juego de *brillos húmedos y transparentes*. El color rojo de su uniforme de colegiala espejeaba con los rayos del sol, y las jacarandas enmarcaban su paso *por los sitios umbrosos*, con un techo de flores vivas y una alfombra de flores muertas de encendido color lila, *llovidas desde las ramas de los árboles*, que parecían vestirla de otra cosa, poniéndola fuera de este mundo.

Lo que hizo Voltaire en las tres entregas que dio a *El Imparcial* sobre mi novela fue revelar la exacta correspondencia de mis escenas con las de Guzmán y subrayar todas las frases literales que habían quedado como vanidosas pruebas de agua del escondido autor, tantas como cincuenta y ocho. Con una petulancia adicional: mi novela travestida no sólo tenía el mismo número de capítulos que la de Guzmán, sino también el mismo número de palabras en cada capítulo.

Aquella numerología secreta, confiada a Dalia la noche de mi rendición sin condiciones, servía ahora como prueba no del rigor de mi oficio, sino del tamaño de la burla a la literatura y a los lectores que yo había sido capaz de perpetrar.

La pieza de Voltaire, hay que decirlo, era tan buena como el edificio secreto que mostraba, mi edificio. La calidad de los planos subterráneos del atraco, dichos por Dalia en su oído, trasfundía a su denuncia no sé qué grandeza hermenéutica, deudora en realidad de la grandeza del plagio realizado. Éste, al ser revelado, dejaba de ser una variante del genio para tornarse una repugnante muestra del engaño.

Viví tres días bañado en el magma tóxico de aquella revelación de mis poderes.

El viernes visité a Marcelina en su casa de campo de Cuernavaca

—Te matan, corazón, te están matando —me dijo Marcelina, entre sus altos ahogos asmáticos, y se echó a llorar como una Magdalena.

La mención de la Magdalena puede resultar anticlimática aquí, ante el espectáculo de una mujer mayor, cuyas manos eran una telaraña de piel adelgazada y seca, y cuyos altos pómulos habían sido manchados por los tristes heraldos del tiempo con unas manchas negras, dignas de la prueba de Rorschach. Palpitaban todavía en mi memoria los fulgores últimos de aquella diosa necrosada, los fulgores y los bríos de la edad en que habíamos coincidido felizmente, ella en sus todavía dorados cincuentas, yo en mis salaces e insaciables treintas. La verdad es que habíamos sido felices como sólo pueden serlo los amantes clandestinos que se saben condenados a no durar.

El domingo recibí la llamada que esperaba desde el jueves, la llamada de mi amigo el Ingeniero Rector, ahora mi examigo. La versión oficial de su ausencia era que había pasado la semana fuera de México, en un congreso universitario de São Paulo. Lo cierto es que había pasado el fin de semana en Río de Janeiro con una novia joven que mantenía vivo su matrimonio. Nada había visto de mi desaguisado en la prensa mexicana sino hasta la noche de su llegada, cuando su esposa, malhumorada y sospechosa, lo recibió en su casa con mi cabeza y los diarios atrasados en una bandeja.

Me marcó de inmediato.

—Tenemos que hablar —dijo—. Tenemos que hablar muy seriamente, terminalmente.

Supe, creí saber, que todo había terminado. En realidad, acababa de empezar.

4

El lunes de la semana siguiente, setenta y nueve escritores firmaron una carta en mi contra. Esa misma mañana descubrí que mi mujer era el vínculo secreto de mis acusadores, la descuidada informante del escritor que había denunciado el plagio de mis artículos y el de mi novela, el verdadero instigador de todo, al que por eso en este libro he llamado Voltaire.

Desperté el lunes, noche todavía, con el sonido del diario deslizado bajo mi puerta. Salté de la cama en el primer piso y fui a recogerlo en cueros. Lo abrí con un temblor presciente. Al primer golpe de dedos di con el desplegado a plana entera. Entendí de inmediato que estaba ante el remate de mi linchamiento. El titular decía:

No al plagio literario.
Fin a la corrupción cultural en la Universidad.

Venía luego un texto seco, escrito con perversa mesura, sin afición ni odio, como quería Tácito. El texto refería mis pecados capitales como si describiera los efectos secundarios de un fármaco. Abajo, en riguroso orden alfabético, venían los nombres de los setenta y nueve firmantes. Pedían no sólo mi renuncia al premio literario Martín Luis Guzmán, de escritores para escritores, sino también que renunciara a mi pequeño imperio —no tan pequeño, finalmente, vista la cantidad de firmas que había podido enemistar con él.

La lista de firmantes era inentendible para el público, una mera aglomeración de nombres, pero era coherente para mí. La lista sólo tenía sentido para quienes sabían la pequeña historia que había detrás de cada nombre. Los nombres en sí mismos tampoco decían mucho, pues eran todos de autores de media fama o medio pelo.

Cada firma tocaba en mi memoria, sin embargo, el acento de un agravio. Todos los firmantes, menos uno, tenían edad suficiente para saber que eran mediocres, pero muchos, la mayoría, eran suficientemente jóvenes para pensar que habían sufrido un daño decisivo en sus carreras porque alguien no les había publicado un libro, o no había influido para que obtuvieran un premio o para que publicaran en una revista, o no les había dado el trabajo que buscaban o les había quitado el que tenían.

Ese alguien, ese día, en aquel desplegado, era yo.

Algo había hecho yo, o dejado de hacer, en agravio de aquellos setenta y nueve abajo firmantes. Todos habían sido en algún momento beneficiados y en otro momento perjudicados por mí, en el cruce del desierto de las becas, de los premios, de las publicaciones, de las canonjías, de los empleos.

Salvo uno, eran todos, todas, escritores y escritoras, incapaces de conseguir con su obra lo que habían conseguido de mí por la promesa de su obra, promesa no cumplida o, peor, cumplida a medias. Me eran familiares sus agravios. A todos les había dado algo como periodista, como editor o como gerifalte del presupuesto de la universidad. Y a todos, en algún momento, les había dejado de dar, por la misma razón que lo habían recibido: porque así lo había querido yo.

Oh, el poder.

Era un terreno conocido pero había una especie de horrenda revelación en mirar de un solo golpe toda aquella colección de agravios. Me quedé leyendo desnudo en el sillón de la sala, recordando a cada firmante, haciendo la cuenta de lo que le había dado a cada uno, la razón de nuestro conocimiento y de nuestra ruptura.

No fui a la cita tempranera con mi amigo el Ingeniero Rector, ahora mi examigo. Me clavé en la lista. Traje dos blocs de mi clóset de papelería secreta y me dispuse a tomar nota de lo que sabía de cada quien, empezando por las mujeres. Listé sus historias en la página amarilla pautada de un bloc que venía en una carpeta con una pluma de un conversatorio en el Pen Club. En otro bloc amarillo, con la pluma de otro simposio en el Aspen Institute, hice la lista de afrentas de los hombres.

Incurro en el detalle de las carpetas para compartir otra de mis manías secretas, la de conservar papelería de simposios académicos y reuniones literarias a las que asistía. Tenía un clóset lleno de estos artilugios predigitales, obsesivamente ordenados, como una colección de trofeos absurdos, pero invaluables para mí, no porque tuvieran algún valor sino porque eran la prueba de una obsesión oculta, un vicio de coleccionista que ejercía con escrupuloso y altivo secreto, a salvo de las miradas de los otros. Mejor dicho: frente a esas miradas, incapaces de sospechar mi manía de cazador, indicio nimio pero elocuente de que mi vida toda podía ser, como era, una forma aviesa de la apropiación, una estrategia de reducir el mundo a la condición de un coto de caza corsaria, cardinal para mí, indetectable para otros.

Cuando terminé de apuntar las historias de ambas listas, la telaraña se aclaró hilo por hilo.

Oh, qué prodigio de clientelismo despechado, qué transparencia de motivos, qué modesta pero defraudada colección de prebendas, untos, gangas, sinecuras, en sólo setenta y nueve personeros de lo que Marcelina de la O llamaba en sus tiempos heroicos, con elocuencia esdrújula, "presupuestívoros de la cultura".

El rasgo común de las listas, como digo, era que todos habían sido mis fieles y ahora eran mis alanceadores. Nadie sabía nuestras pequeñas historias y por eso para el público era particularmente escandaloso que se voltearan contra mí tantas firmas. Adquirían una credibilidad extra porque parecía tratarse de gente hasta entonces fiel a mí. Su cambio de camiseta sólo podía explicarse por la magnitud de mi falta.

Podría poner aquí lo que le di y le quité a cada uno, pero sería abusar del espacio sin ganar entretenimiento. Haré mejor un resumen estadístico y moral de los firmantes, a la manera de Condorcet y sus tablas sobre la probabilidad de conductas repetidas en una pluralidad de voces registradas.

Poca pluralidad, debo decir, mucha repetición.

De los setenta y nueve escritores que firmaron mi defenestración, había diecinueve mujeres. De las diecinueve mujeres, me había acostado con diez, siendo las nueve restantes muy mayores que yo, lo suficiente para que no me tentaran como me había tentado en mi tiempo Marcelina. A todas ellas, a las diecinueve, les había publicado un primer libro pero no un segundo. A todas les había reconocido en los lugares de mi influencia el valor de sus libros publicados, pero no el elogio que esperaban; el de su condición de escritoras fundamentales, etcétera. Por una sencilla razón: porque no lo eran. Escribo guiado por la ira, y el lector debe guardar esto en su cabeza para no tomarme demasiado en serio, como no me tomo yo. Pero es esto lo que puedo decir sin faltar demasiado a la verdad con la lista de las escritoras que abajofirmaron aquel manifiesto contra mí, olvidando, quizá recordando, nuestros tiempos. No digo más.

De los sesenta firmadores restantes, trece habían trabajado para mí y habían sido despedidos. De los cuarenta y siete restantes, diecisiete habían tenido y perdido una beca de la universidad, que yo había tratado que les devolvieran, o eso les había dicho. De los treinta restantes, diecinueve tenían libros rechazados por la editorial universitaria, cuyo consejo editorial yo presidía. De los once restantes, uno era el hermano de una asistente a quien yo había ofendido tratando de conquistarla (quedan diez). Otro se había quedado sin un viaje por negligencias administrativas de las que me culpó en la prensa (quedan nueve). Otro se había enamorado catastróficamente de mí y el siguiente era su amante (quedan siete). De los siete restantes, cuatro eran viejos escritores, viejos adversarios, viejos amigos adversarios de mi amigo el Ingeniero Rector, ahora mi examigo (quedan tres). Uno de esos tres restantes era un poeta que vivía de no hacer versos y firmar desplegados (quedan dos). Otro era una reliquia alcoholizada del movimiento del 68 (queda uno).

El uno que restaba era Voltaire y era un genio, el verdadero foco de mi admiración, de mi temor, de mi envidia y mis desvelos.

Lo admiraba y le temía. No es difícil de entender que lo admirara y le temiera a la vez. Había visto el tamaño de su genio y podía medir el tamaño de su amenaza. Era al menos un esbozo de genio en el ámbito de la lengua, pero en el ámbito de la vida diaria era un ambicioso vulgar, un oportunista tan serio y tan cínico como yo, pero más joven y más precoz en el ajedrez de los celos literarios y en el hambre de poder, fama, influencia, reconocimiento.

Voltaire era un garbanzo de a libra, un verdadero competidor. Supe desde que vi la lista que él era el verdadero instigador de todo, el director de aquella orquesta desentonada genialmente afinada en mi contra.

Fue entonces, recuerdo, cuando lo bauticé Voltaire. Lo hice en recuerdo y homenaje de un viejo cura culto, francófilo, tradicionalista, devoto de la ortodoxia del cardenal Lefebvre, que había sentenciado alguna vez, imborrablemente para mis oídos, ante los ojos abiertos de Marcelina: "Voltaire es el verdadero autor de todo, el destructor de la cristiandad".

Quería decir que había sido Voltaire con su elocuencia, ningún otro, quien había dinamitado los pilares de la fe de Occidente, quien había abierto el ágora a la impiedad moderna, vacía de sueños, racionalista, privada de los misterios de la divinidad y de los consuelos del más allá.

Voltaire, el mío, había tenido sobre mí el mismo efecto que una película famosa atribuye a Antonio Salieri cuando por primera vez caen en sus manos las partituras originales del "monstruo", la "creatura" que había visto correr, según la peli, como un infante despelucado y lúbrico por los pasillos de la corte y cuyo nombre, Wolfang Amadeus Mozart, iba ya camino a la inmortalidad. Algo parecido a las escalas imbatibles reconocidas a ojo por Salieri en las notaciones de Mozart había entrevisto yo en la primera ristra de poemas que Voltaire había hecho llegar, con ladina modestia, a la redacción de la revista de la universidad, junto con un ensayo luminoso sobre la gordura de Lezama Lima y la expansión glotona de su prosa.

Voltaire tenía entonces veinte años, pero su mayoría de edad literaria era evidente. Carecía de la afectación estilística y del tremendismo temático propio de sus años, y en cambio había en sus palabras una sonoridad sin artificio y una transparencia que espejeaba largamente en el resplandor de sus hallazgos.

¡Basta, basta!

Seguía encuerado en la sala con la cara de loco del caso, cuando mi bella, larga, radiante mujer apareció por las escaleras, descalza, envuelta en su bata de seda azul, bien dormida y bien oliente.

Dio un grito al verme, un grito de casa tomada.

—Soy yo —le dije—. No pasa nada.

—No. No eres tú —me dijo—. No sé quién eres. Tienes cara de infarto mesentérico.

Algo profundo y plagiario se agitó en mí con aquella expresión, del todo ajena al registro léxico de mi mujer.

Piensen bien lo que dijo: "Tienes cara de *infarto mesentérico*".

Yo había dicho muchas veces la palabra infarto y se la había oído decir a ella, trivialmente, como en "Estoy infartada de lo que acabo de oír". Pero ni ella ni yo habíamos calificado nunca la palabra infarto con aquella rotundidad de médico pagano o de poeta maldito: *infarto mesentérico*.

Conclusión: alguien lejano de sus hábitos lingüísticos había dicho alguna vez esas palabras frente a ella y ella las había tomado para sí como si fueran suyas.

No lo eran.

—¡Plagia! —me dije—. ¡Me engaña! ¡Otro se ha metido en su cabeza!

Supe quién era ese otro como en un torbellino y me desmayé sobre el sillón, desnudo, con los güevos al aire.

5

Los firmantes de la carta exigían que devolviera el premio y que renunciara a mi puesto en la universidad. (Yo era director de cultura en la universidad, un pequeño imperio.)

Al volver de mi desmayo, mi mujer estaba junto a mí como junto a un animal grande muerto. Quiso tocarme la garganta con su mano modigliani, pero la rehusé. Subí las escaleras desnudo como estaba, indiferente a la mirada temblorosa de mi mujer, pero cierto de que me veía. Me vi como ella quizá me veía en ese momento, subiendo la escalera, en cueros, de espaldas, peludo y nervudo, como un pitecántropo, dejando ver a las claras con mis pasos que algo nuevo y volcánico había nacido en mí: el Waterloo de los celos.

Subí las escaleras como quien vuelve de una falsa fiesta o marcha a una batalla perdida de antemano. Todo era lento dentro de mí, iba desplomándome por dentro, desmoreciéndome, como decía aquel poeta jalisciense, pero subía a toda prisa las escaleras, rumbo al baño, rumbo a la regadera, el champú y la rasurada bajo el agua, pensando ya en el traje, en la camisa, en la corbata combinada que iba a ponerme esa mañana, con afectada elegancia, para cruzar el día de mi derrota.

Pensé que aquella duplicidad de postración y diligencia era ya mi garantía de que iba a sobrevivir a lo que me asaltaba. Era una versión extrema de la arritmia fundamental de mi vida, mi conocido furor práctico al servicio de la falta de emociones, el frenesí de una vida tributaria de la nada. No había realmente nada dentro de mí, todo estaba fuera.

Prisa por fuera, cachaza por dentro, ése soy yo.

Había hecho mi camino de robar a otros sin que me importara mi caudal. Era un ambicioso sin ambición, un mago sin magia, un manipulador de medios sin un fin que los justificara. Al final, al principio, era irremediablemente lo que era: un escritor sin genio al que le había sido dado el don de reconocer el genio de otros. Todo se resolvía al fin en la pasión de escribir sin talento para hacerlo. Perdida esta batalla originaria, lo demás eran victorias pírricas o derrotas derivadas: la pasión secundaria de copiar.

Ah, la necesidad de copiar, de ser lo que admiraba, de apropiármelo. Había pasado años disfrazando aquella debilidad y ahora los disfraces caían sobre mí y eran yo mismo caminando como un neandertal por las escaleras hacia la regadera y saliendo de la regadera como un radiante ejecutivo hacia la vida.

Llevaba media hora de retraso para el desayuno con mi amigo el Rector, ahora mi examigo. Al salir del baño recibí la llamada de Julieta, su esposa, preguntándome si iba a llegar, porque tenía unos huevos tibios enfriándose para mí y su marido ya se había comido su granola.

Siempre que iba a la casa de mi jefe y amigo pedía unos huevos tibios, no como alusión a su persona, sino como un guiño a su mujer, que odiaba guisar por la mañana, lo mismo que al mediodía y por la noche. Lo único que le gustaba guisar, porque no implicaba ningún guiso, eran esos huevos tibios que ponía en un tazón de peltre con agua hirviendo y dejaba hacerse por dos minutos, hasta por tres, luego de los cuales entraba en pánico y no sabía qué hacer ni con el tazón ni con el agua hirviente ni con los huevos, para no hablar de su prestigio de cocinera, que su esposo, el Ingeniero, presumía por todas partes. La esposa de mi amigo, debo decirlo, tenía intenciones disfrazadas sobre mí, disfrazadas dentro de ella, frente a su marido, y disfrazadas en su mundo de tedios mañaneros y fantasías rutinarias, pero no disfrazadas para mí, que me comía sus huevos tibios en una especie de semiótica de deseos a medio cocer. Los huevos tibios estaban siempre pasados o previos, pero ella estaba siempre peinada y vestida para ver cómo me los comía.

Dije, para explicar mi retraso, que me devoraba una migraña. Ella se dolió de mi condición, pero su marido no.

—Nos vamos —dijo, sin esperar mi respuesta, y salió rumbo al coche y el chofer que ya esperaban a la puerta de su casa

Subí al coche de mi amigo, ahora mi examigo, podrido y fragante, caído y en pie. Apenas subí me dijo que la suerte estaba echada:

—Tienes que renunciar.

Contesté que podía decir nombre por nombre las razones deleznables de cada uno de los setenta y nueve abajo firmantes y dar la batalla en la prensa. Añadí que el premio era irrenunciable.

Técnicamente, esto último era cierto. Marcelina y Maturana lo habían previsto así desde la fundación del premio. El Premio Martín Luis Guzmán, de escritores para escritores había sido establecido en un momento de intensa discordia cultural. Tanta que no había premio que no provocara un escándalo. La razón de esto es que todos los premios los daba el gobierno y protestar los premios había llegado a ser una forma de protestar contra el gobierno, al que en aquellos tiempos no se podía atacar de frente. Los políticos que luchaban a muerte por el poder dentro del gobierno escogían campos de batalla laterales, como la cultura, para desahogar sus rencillas, incitando protestas ciudadanas contra el sesgo político y las razones ocultas de los premios literarios y los nombramientos culturales.

No era infrecuente que el escándalo terminara en tormentas de prensa y en la serena renuncia del premiado, o del prebendado, para "no hacer más olas", según la jerga de la época. Las renuncias confirmaban que los premios eran parte del botín político y se trataban como tales: si su entrega producía más problemas de los que resolvía, iba para atrás. Marcelina y Maturana habían querido salirse de aquel juego, fundar una nueva ética de los premios literarios: la ética de la independencia política (sic), de la pluralidad y la libertad del jurado, según he referido, así como el carácter irreversible de su veredicto. Por eso habían dictaminado que el premio era irrenunciable.

Palabras, se dirá. Desde luego, pero para el momento en que yo estaba todos los alegatos eran buenos, incluso el de que, en sus veinticuatro años de existencia, nadie había renunciado nunca al Premio Martín Luis Guzmán, de escritores para escritores, pues estaba prohibido por el premio mismo y yo era el premio número veinticinco. ¡Un cuarto de siglo! ¡Casi la pirámide de Keops! No podía renunciar.

Dije aquella estupidez como para dejar de lado el premio y pasar a lo que me interesaba que era mi puesto en la universidad, mi pequeño imperio.

Esto explica mi perorata complementaria de aquel día sobre las razones deleznables de los firmantes. Podía generar en la prensa ese mismo día, dije a mi amigo el Ingeniero, más que al Rector, una explicación demoledora de las acusaciones de plagio y poner al descubierto la calidad moral de aquella infame turba.

—No has entendido nada —dijo mi amigo el Ingeniero, más que mi amigo el Rector, ahora mi examigo—. Esto ya llegó arriba. Ya me llamó El Secretario, preocupado. Y no supe qué decirle.

"El Secretario" era el secretario de Gobernación con quien mi amigo el Ingeniero Rector, ahora mi examigo, estaba jugando "a la grande". Esto quería decir en el país de entonces lo mismo que en el de ahora: que mi amigo era partidario de la candidatura a la presidencia de la República de El Secretario, su amigo.

Entonces mi jefe y amigo, ahora mi examigo, dijo lo que nunca, en mi ceguera, pensé que diría. Dijo:

—En defensa de la universidad debes renunciar al premio *y al puesto*.

Esto último lo dijo ladinamente, en cursivas. Las cursivas me sacaron de mí. Traía adentro todavía la rabia pitecántropa y respondí, desconociéndome:

—No, Ingeniero y Rector. No renuncio ni al premio ni al puesto. Demasiadas cosas hemos hecho juntos tú y yo como para que yo pague esto solo.

Volteó a verme, incrédulo y colorado. Tenía esta condición de mal político: su rostro traicionaba sus emociones, se ponía rojo de rabia, de pudor o de vergüenza, su color delataba su humor. Dijo:

—¿Me estás amenazando, cabrón?

Respondí con una frase alterada, favorita de nuestra historia:

—Los amigos no amenazan.

(La frase verdadera es "Los valientes no asesinan".)

A lo que él respondió:

—¿Qué quieres decir entonces?

Y yo dije:

—Que busquemos una solución equitativa.

—¿Equitativa, cabrón? ¿Equitativa? Si tú eres el único responsable de esto.

—Yo te he sido fiel hasta el delito —recordé yo y volteé a verlo de frente con lo que creo que era una mirada de acero.

Él se puso entonces pálido y entendió.

Fue un placer que entendiera este cabrón hasta qué punto era mi amo y hasta qué punto, o en qué momento, empezaba a ser mi esclavo.

Esta nuestra dialéctica particular del amo y el esclavo exige una digresión.

Para el momento en que transcurre esta historia yo llevaba tres años siendo el coordinador de asesores y el coordinador de extensión cultural de la universidad. Ya lo he dicho: un pequeño imperio. Mi organigrama incluía una editorial, tres revistas, una estación de radio, un canal de televisión, ocho museos, una orquesta sinfónica, un cuerpo de ballet, una compañía de teatro y ochocientas becas para creadores.

Mi oficina y la del Rector eran contiguas, estaban en los pisos superiores de la torre de la rectoría, conocida como "la torre más alta". Desde el gran comedor del último piso de aquella torre podían verse dos de los cuatro puntos cardinales del campus que se gobernaba desde ahí.

Se gobernaba de verdad. A las oficinas de la torre más alta llegaban a todas horas, todos los días, informes minuciosos de lo que pasaba allá abajo, en los salones y en los pasillos, en las cafeterías y en los jardines, pero, sobre todo, en las oficinas de funcionarios y burócratas como yo: directores, coordinadores, jefes administrativos de escuelas y facultades, infalible origen de todas y cada una de las rencillas, grandes y pequeñas, que marcaban el ritmo de la verdadera respiración, el alma verdadera, de nuestra *alma mater*.

Por sugerencia mía, mi amigo el Ingeniero, más que mi amigo el Rector, ahora mi examigo, había mejorado al punto de la perfección las redes de espionaje interno de la institución: un prodigio de ingeniería.

Muchos años antes, en la sala de Marcelina y Maturana, yo había escuchado de la boca de un prócer del espionaje del gobierno, leyenda de la República, que los incendios políticos había que apagarlos en el cerillo, es decir, en la primera chispa, antes de la primera flama. La historia de los grandes conflictos y las grandes movilizaciones de la universidad, en promedio dos cada diez años, habían empezado siempre por incidentes minúsculos, mal atendidos en su origen, por mal conocidos.

Sin declarar la fuente, yo había transmitido como propio este formidable criterio paranoico a mi amigo Rector, ahora mi examigo. Se lo había transmitido sobre todo a mi amigo el Ingeniero, más que mi amigo el Rector, y el Ingeniero lo había hecho propio con vehemencia de constructor de catedrales. A las muy pocas semanas de estar instalados en la torre más alta, podíamos escuchar las conversaciones telefónicas de toda la cúpula universitaria, incluidos los líderes sindicales, y empezábamos a tener reportes de la vida privada de todos, en particular de la especialidad del campus que era el fornicio intergeneracional, quiero decir, de maestros con alumnas, de jefes mayores con secretarias jóvenes, y una dosis inverosímil de apareamientos en la comarca del amor que no se atreve a decir su nombre.

La furibundia erótica del campus era admirable, trasfundía en mí la diaria, rara, emoción de vivir en una colmena de pasiones encendidas, amores frescos, despechos criminales, triángulos anhelantes, batallones de parejas en busca de pareja.

Había muchos talentos secretos en mi amigo el Ingeniero, más que en mi amigo el Rector, ahora mi examigo. Uno era el de entender las redes administrativas del poder y entender lo que él llamaba la erótica del poder burocrático, expresión que yo le había regalado y que él había tomado para recordarla siempre, en adelante, como simplemente suya.

La erótica del poder burocrático.

Ah, cuántas cosas fundamentales en la vida de tantos podía hacer y deshacer aquel poder. Cuántos escritores premiados como si lo merecieran, cuántos académicos de medio pelo celebrados como pilares del conocimiento, cuántos científicos que alcanzaban la inexistente admiración de sus pares por descubrimientos científicos que no habían hecho. Cuántos premios, cuántas becas, cuántos empleos improductivos pagados a precio de oro. Y cuántas publicaciones, cuántos presupuestos para la radio que nadie oía, la televisión que nadie veía, la compañía de ballet y la de teatro que bailaba y actuaba en espacios vacíos de la propia institución que pagaba.

En ninguna parte había tantos presupuestos libres que repartir para la cultura como en la universidad. No era casual que mi deriva de apropiador me hubiera llevado ahí, como quien sigue la corriente de su río interno hacia los rápidos y los remansos del río exterior que necesita. Fuera del gobierno, en ninguna parte se congregaban tantos aspirantes y competidores presupuestales como en las orillas de la universidad. Nadie lo entendía mejor que yo, pero nadie miraba hacia adelante con tanto sentido de la erótica burocrática y sus beneficios políticos como mi amigo el Ingeniero Rector, ahora mi examigo.

En nuestra primera reunión de trabajo como coordinador cultural de su rectoría me dijo:

—Quiero que hagas un calendario preciso de los premios y los puestos que nos tocan.

"Nos tocan", dijo, como si estuviéramos en una cola o en el veredicto de una herencia. Debí poner cara de idiota, porque repitió su instrucción y me preguntó, con notoria impaciencia, si sabía de qué estábamos hablando. Fue evidente que yo no sabía de qué, y entonces él se hizo cargo de mi ignorancia. Echó tres fólders sobre la mesa. Uno contenía la lista y el calendario de los premios y distinciones culturales que entregaban cada año el gobierno de la República y la propia universidad. Otro era el calendario de cambios administrativos de directores de escuelas y facultades de la universidad.

—Quiero que veas esos calendarios y que hagamos la lista de quiénes deben ganar los premios y quiénes deben alcanzar los puestos directivos de esta casa de estudios.

Debo haber seguido con mi cara de idiota, pues mi amigo el Rector, ahora mi examigo, me dijo.

—Ésta es la máxima casa de estudios, cabrón, pero sobre todo es la máxima casa de premios y puestos. Quiero saber exactamente qué premios y qué puestos le vamos a dar a quién este año, el siguiente y el siguiente. No puedo conservar en mi cabeza tantos nombres, quiero que tú seas mi ayuda de memoria.

Debí seguir con cara de idiota, porque siguió:

—Lo que te pido es que tengas una lista precisa de lo que nosotros podemos dar: premios y puestos. Quiero que hagas un fólder de premios y un fólder de puestos que podemos dar, dentro y fuera de la universidad. Y llenar todos esos premios y todos esos puestos con nuestros candidatos. ¿Está claro?

Asentí, deslumbrado.

Tomó entonces el tercer fólder y lo echó también sobre la mesa.

—Este último fólder lo preparé yo. Quiero que lo verifiques y lo guardes como secreto de Estado. Es nuestra erótica secreta.

Lo era. Recogía la lista de los favores que la universidad le debía a los cuatro anteriores gobiernos, es decir, de los favores que le habían hecho a la universidad los presidentes, sus secretarios y, en general, los influyentes y poderosos de la hora. El pasaje de los presidentes y sus secretarios tenía cuatro hojas, el de los influyentes que sentían deudora a la universidad tenía treinta.

Me dijo entonces el Ingeniero Rector:

—Mira, cabrón, éste es un país de instituciones, vale decir: quien domina las instituciones domina el país. Lo que nosotros tenemos que hacer es dominar las instituciones culturales. Decidir por medios invisibles para los ajenos pero nítidos para nosotros, quiénes son cada año los premios nacionales de ciencias, de literatura, de artes. Y quiénes son los que entran al Colegio Nacional. Y quiénes forman la junta de gobierno de nuestra universidad, los que deciden quiénes van a ser los directores de facultad y a quiénes podemos poner en las juntas de gobierno de otras universidades públicas y de otros centros de educación superior, a las que podemos extender nuestra influencia para nombrar y premiar. Y tenemos que ser agradecidos con quienes han ayudado a esta institución, velando puntillosamente por los intereses, recomendados y prebendados que tienen en ella. ¿Está claro? Todo tiene que estar en esos fólders, para no equivocarnos. Complétalos a conciencia, que no falte nada.

Salí de aquella primera junta de trabajo como quien sale de haber recibido la fórmula del mundo. Nuestro mundo. Era un mundo enorme, pequeño en su dimensión relativa frente a otros territorios de poder, pero gigantesco en su discrecionalidad y sus potestades inconsultas. Me explico: había, cada año, algo así como un pequeño imperio que repartir.

Nadie entendía mejor aquella cadena de minúsculos pero sustantivos privilegios burocráticos que mi amigo el Ingeniero, más que mi amigo el Rector, ahora mi examigo. Yo había acudido como novillero a esa escuela de integrales y vectores en la compañía de Marcelina y Maturana. Había visto desde el pequeño balcón del Premio Martín Luis Guzmán, de escritores para escritores, cuánto había de manipulación en los premios y cuánto de burocracia en la fama temporal de los autores. Pero era sólo un premio, aunque el más importante, y era sólo una red, aunque fuera la más prestigiosa. Nada tenía que ver aquella manipulación con los presupuestos libres, la burocracia malthusiana, las canonjías reales y las consagraciones de oropel de las que era capaz la universidad.

No sé cuántos orgasmos cerebrales dejé sobre las redes de influencia que mi amigo el Ingeniero y Rector, ahora mi examigo, puso frente a mí en aquellos fólders. Mi mirada de coleccionista descubrió pronto los conjuntos, los cruces de tan ricas especies, ricas como tales, endógenamente, pero ricas también en sus filamentos exógenos, hacia el mundo cupular de la República, de la que la universidad era orgullosamente autónoma, indiferente, pero a cuyos intereses y clientelas estaba unida con invisibles, sutiles, irrompibles cadenas de hierro.

Algunos ejemplos:

En la junta de gobierno de la universidad había tres personajes que representaban cabalmente la opinión de tres expresidentes de la República vivos. En la oficina de relaciones públicas de la rectoría, trabajaba la hija de un secretario de Educación. En el museo de la universidad se entrenaba como curadora la hija del hombre más rico de México. No había grupo empresarial de alguna importancia que no estuviera representado en el consejo del equipo de futbol. Y cada facultad era una extensión y una antesala de su especialidad: la facultad de medicina, de la Secretaría de Salud; la de leyes, del poder judicial; la de ingeniería, de la Secretaría de Comunicaciones y obras públicas. Mi coordinación apenas tenía rival en la esfera pública. Por sus recursos, por su tradición, por su influencia burocrática, mi changarro era la verdadera Secretaría de Cultura del país.

Termino la digresión, vuelvo al punto en que estaba.

—Entonces, ¿qué le decimos a la prensa? —dijo mi amigo el Rector.

El plural de su pregunta me gustó. Pensé que estaba dándome su apoyo, que le tocaba esta vez ser mi esclavo. Pero no. No exactamente.

6

El miércoles siguiente, luego de discutir con mi amigo el Ingeniero y Rector, ahora mi examigo, anuncié mi renuncia al puesto en la universidad. Y también mi renuncia al Premio Martín Luis Guzmán, de escritores para escritores.

Le pedí a mi amigo que dejara en mis manos las explicaciones que debíamos a la prensa, lo cual lo alivió. O eso me hizo sentir.

Discurrí entonces la estrategia de presentar el plagio denunciado por Voltaire como lo que era en realidad: un homenaje. Un homenaje de la envidia artística, es decir, de la admiración, que estaba lejos de ser una estafa literaria, sino que era, en realidad, una estrategia de reconocimiento.

La coartada que vino a mi cabeza fue ésta:

Diría que Voltaire se había adelantado, con el develamiento de mi novela, al homenaje que yo mismo pensaba rendirle a Martín Luis Guzmán en mi discurso de recepción del premio. Diría que, en ese discurso, yo había pensado reconocer exactamente lo que había mostrado Voltaire, es decir, que había construido mi novela por dentro del andamiaje de la de Martín Luis, para meterme en su sombra y para reconocer públicamente su tamaño.

Guzmán era uno de los escritores mayores de México, pero también uno de los menos reconocidos, o de los más regateados, por sus tropiezos políticos. Yo iba a dedicar mi discurso de aceptación del premio a una celebración de Guzmán desde las playas de la intertextualidad literaria. Lo que Voltaire había denunciado como mi pecado iba a ser en realidad mi homenaje, pues no sólo no quería ocultar mis transfusiones literarias dentro del mundo de Guzmán, sino que pensaba hacerlas públicas como una celebración de su grandeza.

Había hecho muchas notas sobre las excelencias de Guzmán mientras lo plagiaba. Tenía de hecho un archivo aparte con esas notas, suficientes, por cierto, para un pequeño libro de exégesis textual. Discurrí que podía presentar esas notas a la prensa como el proyecto de otro libro, ese sí original mío, como explicación hermenéutica y defensa literaria de mi plagio.

En suma, pensé decirle a la prensa que Voltaire, genialmente, se había adelantado mi propósito. Y que, al efecto de probar este punto, iba a poner en manos de la prensa los documentos originales de mi archivo que probaban la intención verdadera de mi plan.

Le pedí a mi amigo el Ingeniero Rector que anunciara una conferencia de prensa para la una de la tarde de ese mismo día, adelantando que yo presentaría en ella material escrito original suficiente para aclarar todas las dudas.

Estuvo de acuerdo.

Volví a mi casa corriendo. Mi mujer lloraba en la sala, frente a la doble lista de prebendados que yo había dejado ahí, en mis blocs de papelería prestigiosa. Lloraba, supongo, por la lista de mujeres mencionadas. Y por mi relación con ellas. Di por buena esta hipótesis, en aquellos momentos trivial para mí. Fui luego directo a mi computadora, como en busca de una escopeta. Escribí la hora siguiente un borrador de mi discurso de aceptación del Premio Martín Luis Guzmán, que se entregaría el viernes siguiente.

Escribí como un hámster lo que he dicho antes, que mi plagio era un homenaje hermenéutico. Y que sería revelado, paso a paso, en un segundo libro, cuya materia anunciaría durante el discurso de aceptación del premio. Cuando llevaba cinco cuartillas del presunto discurso, 1 500 palabras, me detuve, dejando una frase a la mitad. Imprimí el borrador inacabado, hice correcciones manuscritas sobre él, con la pluma Sheaffer que había heredado de Marcelina, y ella de Maturana. Imprimí también cuatro notas mías, originales, sobre distintos pasajes de *La sombra del caudillo*. Puse todo en un fólder y me fui a la conferencia de prensa.

Mi mujer seguía llorando cuando pasé por la sala de regreso. Le dije:

—Lloras bien, pero tu llanto no paga lo que has destruido. Todo esto lo has destruido tú, sin saber bien a bien lo que hacías. Has contado todo mal. El plagio del que hablaste, el plagio del que yo te hablé y del que hablan hoy, es parte de un homenaje. ¡Un homenaje! Eso me faltó decirte. ¡Y que contar ese plagio era el proyecto de mi siguiente libro!

Fue el primer globo sonda que emití respecto de la credulidad de mi coartada.

—Lo conté por tonta —me dijo.

—Lo contaste por enamorada —riposté, volviendo reproche su confesión—. Pero lo contaste mal, porque no sabías el fin de la historia.

—¿Y cuál es el fin de la historia? —preguntó, alzando sus húmedos ojos, crédulos, entregados, hacia mí.

—Eres una periodista —le dije—. Si quieres saber la verdad que te falta, ven a la conferencia de prensa.

—¿Me estás diciendo la verdad?

—Siempre te he dicho la verdad.

Empezó a sollozar de nuevo, ahora arrepentida de no haberme creído.

Está claro que era una estúpida. Y yo su estúpido.

Había más periodistas en mi conferencia de prensa que cuando mi amigo el Ingeniero fue ungido Rector. Esas cosas siempre dicen algo. Halagan, aunque sea para colgarlo a uno.

Creo que mi primer acto escénico fue eficaz. Había recompuesto mi atuendo de la mañana y estaba impecable, aunque había tenido el detalle de aflojar la corbata para dar un toque de relajamiento y verdad a mi condición confesional.

Voltaire no estaba entre el público. Eso me tranquilizó. Estaban los reporteros habituales de la fuente, casi todos eran arreglables con un signo de pesos. Estaban también algunos funcionarios de mi coordinación y la red de colaboradoras de la misma coordinación que atendían las conferencias de prensa. Estaban todas nerviosas, riendo risas forzadas.

Dije mi patraña con fluidez admirable, digo yo, de la siguiente manera:

—Todo lo que han leído en la prensa sobre mi plagio, es verdad. Salvo... que no es un plagio. Es un homenaje. Un homenaje secreto. Una estrategia de reconocimiento. Todo lo que se ha publicado en la prensa sobre mi manipulación de *La sombra del caudillo* es exacto. Pero esa manipulación no estaba pensada para ser secreta sino para ser explicada en un segundo libro, como un homenaje a Martín Luis Guzmán. La prueba de esto que digo son los materiales que les daré hoy a ustedes, de originales míos que pueden reproducir libremente. Les ofrezco, en primer lugar una copia del discurso, un discurso inacabado, que iba a leer en la ceremonia de entrega del premio. Les entrego también copias de cuatro notas mías, manuscritas, sobre las dificultades que encontré en distintos pasajes de *La sombra del caudillo*, para trasfigurar su materia original en la mía, derivada. Como verán ustedes, son notas hechas para explicar el proceso de mi homenaje intertextual, no para ocultarlo. Son notas hechas para dejar constancia del proceso de transfusión de la obra original en la obra derivada, de la obra de un gran autor a la obra de un autor subsidiario. Éstos son los papeles de mi taller que puedo darles, en prueba de mis intenciones. Juzguen ustedes.

Quizá no los convencí con esta patraña, pero los confundí. Vinieron en tropel a mi escritorio por las fotocopias que les ofrecía. Como si estuvieran llevándose los materiales de una noticia. Iban haciendo el barullo conveniente, la confusión conveniente, para salir con bien de todo aquello, cuando apareció, en el fondo de la sala, esgrimiendo un megáfono, el mismísimo Voltaire.

Y dijo, voceó:

—¿También tiene usted un discurso de reconocimiento, un homenaje, para todas las otras cosas que se ha robado? ¿Para su plagio y tropicalización del *Gran Gatsby* en su novela *Amor perdido*? ¿Para su plagio y tropicalización de *Aspern Papers*, en su relato *Fantasmas*. ¿Para su plagio y tropicalización de *Mientras agonizo* y *Pedro Páramo* en su novela *Rumores*? Se lo pregunto, licenciado, porque mañana publicaré tres avances sobre estos otros plagios suyos y quedará claro lo que es claro.

—Publique lo que quiera —dije—. Pero no me llame licenciado.

Esto produjo una risa a mi favor en la sala. Pero Voltaire siguió:

—Usted puede fabricar una versión convincente de sí mismo. Lo que no puede hacer es dejar de ser lo que es.

Respondí:

—Lo que yo he dicho ahora, con documentos en la mano, es la verdad.

—Usted será siempre una verdad sospechosa —ripostó Voltaire.— *La* verdad sospechosa.

Esa última frase volteó las expectativas contra mí, en el sentido de que fue reproducida en todas las notas de prensa del día siguiente.

La verdad es que Voltaire había descubierto mi mecanismo de plagiario, el número de la caja fuerte. Su talento y su energía para el combate le habían permitido leer el mecanismo en mis otras novelas. Su solvencia erudita, diabólica en un autor de sus años, le permitió muestrear esas novelas, como dicen los estadísticos, en busca del mecanismo de mi arte. Lo encontró en tres. Al día siguiente, su denuncia de mis plagios apareció en *El Imparcial*, junto con mi defensa de su ataque previo, y potenció mis debilidades, acabó de decir lo que yo era.

—Este muchacho nos la metió doblada —me dijo a primera hora el Ingeniero Rector, de teléfono a teléfono, de casa a casa, los dos con el periódico mañanero en las manos.

Agradecí el plural, pero entendí que estaba individualizando.

Era martes, no habían pasado siete días del primer temblor. Pero había pasado todo por lo menos cuatro veces. Cinco veces discutí aquel día con el Rector. Cinco veces me dijo que habíamos sido derrotados, pero que era yo el que debía renunciar. Entendí por su tono ascendente que había dejado de ser mi esclavo, que mi condición de credibilidad había caído al piso. No podía arrastrarlo, ni chantajearlo, con mi renuncia.

Vino a verme a mi casa por la noche. Dijo:

—Esto tiene que acabar.

El aguacero que me caía encima había arreciado durante la tarde en los noticiarios radiofónicos. Voltaire había triunfado en toda la línea. En un cruce de calles alguien de un coche me reconoció y me dijo, cagado de risa: "Adiós, Faulkner".

A la mañana siguiente, los jurados que me habían elegido ganador del Premio Martín Luis Guzmán, de escritores para escritores, dijeron que retiraban su voto en mi favor.

Desayuné ese miércoles con mi amigo el Rector, ahora mi examigo. Me ofreció una salida inconfesable: yo renunciaría a la universidad, pero la universidad velaría por mí, en el sentido de que me darían un sueldo de asesor por no hacer nada, conservarían en sus puestos a quienes yo había nombrado, particularmente a mi mujer, la cual tendría un aumento de sueldo. Me liquidarían también, generosamente, por mi renuncia, como si hubiera sido despedido, lo cual significaba una cantidad de dinero que despejaba el horizonte de mis ahorros por algún tiempo, todo lo cual, a estas alturas, no sólo no parecía un castigo, sino un premio, a la manera de un cubetazo de agua limpia al salir revolcado y arenoso de la playa.

Lo que quiero decir es que mi amigo el Ingeniero y Rector, ahora mi examigo, había leído bien las cotas monetarias de mi renuncia y lo poco que le costaba en el fondo salir de mí, como salió la tarde de ese mismo día, en que ofrecí a la afición, por todo lo alto, mi doble renuncia: a mi pequeño imperio en la universidad y al Premio Martín Luis Guzmán, de escritores para escritores.

Fui a ver a Marcelina para mostrarle, antes que a nadie, mi renuncia doble.

Me dijo:

—Te han masacrado, amor. Te han echado a la piedra de los sacrificios. Y tú te has dejado llevar. Quiero que recuerdes lo que voy a decirte. Nunca he olvidado el momento en que por primera vez estuviste en mí. Soy una ruina y no quiero que me recuerdes como me ves porque recordarás una ruina. Quiero que te recuerdes como te recuerdo yo. Porque mi recuerdo de ti es invencible. Nadie te vencerá en mi recuerdo. Ni en el recuerdo que tengas de mi recuerdo de ti. Serás invencible en el espejo de nuestros recuerdos. Ya estoy vieja y cursi. Ya sólo soy lo que recuerdo, es decir cada vez menos, nada cada día, salvo el recuerdo que tengo de ti.

Estaba vieja, era un despojo, pero recuerdo ahora lo que me dijo como si lo acabara de decir, como es en mi cabeza: un talismán contra la derrota, un amuleto contra los años, un fósil de ámbar de la juventud.

7

Mi mujer, a quien yo había hecho conductora del noticiero universitario, no se presentó a trabajar aquella noche, para no tener que leer la noticia de mi salida, según dijo. Pero esa misma noche yo supe otra cosa.

Renuncié un miércoles a las once de la mañana, diez días después de que hubiera aparecido el primer aviso de prensa en mi contra. Lo hice en los términos exactos que me pidió mi amigo el Ingeniero y Rector, ahora mi examigo: sin explicaciones, ni circunloquios.

Mi mujer, en un acto de extensión de la lealtad que ya no me tenía, pidió permiso para no conducir aquella noche el noticiero, del que yo la había hecho titular. No quería tener la pena, dijo, de conducir la edición del noticiario en que iba a conocerse mi renuncia. No podría seguir conduciendo al dar esa noticia, se echaría a llorar.

Mi mujer le llamaba conducir el noticiario a leer en el teleprómpter las noticias que otros escribían. Su trabajo era que pareciera natural, dicho por ella, lo que otros le ponían enfrente para que ella lo dijera. Esos otros recibían diariamente en mi oficina la aprobación de las noticias que debían salir en el noticiero, y las que no, en mejor servicio de la autonomía y de los compromisos de la universidad. Mi mujer era una gloria de naturalidad conduciendo el noticiero, debo decirlo, en gran parte porque no tenía opinión, convicción ni conocimiento de las cosas que decía.

Este párrafo último ha sido escrito desde el desdén póstumo, no desde el amor previo que tenía entonces por mi mujer. Juzgue cada quien como quiera. Yo sólo digo el antes, el entonces y el después, verdades muy distintas de la historia.

Agradecí su gesto solidario de ver conmigo el noticiero de mi defenestración. Quise pensarlo como un signo del amor que le quedaba y me senté a su lado a compartir mi miseria. Pero conforme corrió el noticiero, en esos pocos minutos de aquella misma noche, mientras veíamos los dos juntos, solidarios, la edición a la que ella había faltado por mí, de pronto algo como una ballena dio un vuelco en mi estómago, y quedó clara en el vaho de aquella arcada mi condición de oso con pandero, la grotesca rumba flamenca que me estaban haciendo bailar en público. Entendí esto, terrible: que mi mujer efectivamente estaba sentada junto a mí, solidaria, con el amor que le quedaba, pero que el amor que le quedaba tenía el tamaño de una ratonera comparado con el tamaño de la cúpula celeste del amor nuevo que tenía por Voltaire, el amor en cuyo altar había quemado mis secretos y concelebrado mi ruina.

Entonces Moby Dick bramó dentro de mí: Ah, hipócrita. Ah, hideputa. Ah, traidora.

Sonará estúpido decir que en aquella rabia nació realmente la más alta forma del amor que llegué a tener por mi mujer, y por ninguna otra: la forma más intensa y desdichada del amor que es el rabioso amor de los celos. La había querido hasta entonces como a una emanación platónica, impermeable a la evidencia de su sombra en la Caverna. A partir de aquel momento, toda ella fue sólo una sombra maléfica.

Mientras veíamos el noticiero creció en mí, como en un choque anabólico que nos inflama y nos deforma, la evidencia de su desamor. Y se grabó para siempre en mis herrajes de cornudo la escena que hasta entonces sólo había sucedido una vez y ahora iba a suceder infinitamente en mí, infinitamente repetida. Me refiero a la mañana en la que yo leía, desnudo y a oscuras, antes del amanecer, el desplegado de los setenta y nueve, haciendo el recuento de sus agravios, y simultáneamente mi mujer bajaba por la escalera, delgada en sus muslos firmes, los arcos altos de sus pies, sus dedos largos como dibujados por Miguel Ángel, sus talones de niña, sus rodillas de muchacha, apenas descubiertas por la bata, y oí el hermoso timbre de su voz, tarareando una cancioncilla de mujer contenta, distraídamente dueña de sí. Al descubrirme desnudo, leyendo los diarios a la luz de una lámpara ciega, brincó asustada, con gracia de chapulina, y preguntó quién era yo. Yo respondí que era yo, pero ella dijo que no era, que no me reconocía, que tenía cara de *infarto mesentérico*.

La palabra *mesentérico* fue un gong chino en mi cabeza, como recordarán los que han leído hasta aquí. "¿Mesentérico?", pensé, al tiempo que tenía la iluminación, única y distinta, de que alguien había tomado su alma, su lengua, su corazón. Alguien se había hecho dueño de sus emociones y ella era ahora la plagiaria de sus palabras. Para decir sus emociones, había necesitado plagiar la expresión de alguien. Y ese alguien, supe entonces, sé ahora, no podía ser sino Voltaire.

A la tercera vuelta de Moby Dick por mi estómago me rebelé aquella noche, dando en mi cabeza la misma vuelta que la ballena daba en mi estómago, gritando dentro de mí: "¡Mesentéricos, mis güevos! ¡Mis güevos! ¡Mis güevos!"

Seguía junto a mi mujer, en silencio. Veíamos los dos la noticia de mi renuncia, con los muslos pegados en el sofá, mientras la bilis daba vueltas de ballena dentro de mí. Bien visto, no gritaba a nombre de mis güevos, sino contra los güevos de Voltaire. Porque era Voltaire quien nos tenia tomados de los güevos a mí y de los ovarios a mi mujer y a los dos de las dos partes.

¿Cómo habíamos llegado ahí? ¿Cómo había quedado atrapado yo en los ovarios de mi mujer y ella en los güevos de Voltaire, que se había saltado el dominio de los míos?

Ah, hipócrita hideputa. Ah, traidora.

Era una mierda mi mujer y yo su mierda.

Al terminar el noticiero me pasó la mano por la mejilla y luego por la frente. Dormí en el sofá. Temprano, al día siguiente, salí a correr. Me quedé toda la mañana vagando por el parque.

El gong siguió en mi cabeza con su esdrújula mnemotecnia:

Mesentérico, una vez.

Mesentérico, dos veces.

Mesentérico, mil veces.

Mesentérico, toda la vida.

Otra vez: ¿cómo habíamos llegado ahí?

Supongo que ha quedado claro por lo dicho hasta aquí que uno de los trofeos o de los privilegios del poder cultural es el acceso a las mujeres que rondan ese mundo buscando su propia luz, su propio espacio. Encuentran, generalmente, sólo un amante mayor que ellas y un desengaño. Éste suele ser el primer peldaño de sus carreras en ese mundo. Yo era especialista en ser el primer peldaño de muchas de las debutantes que pasaban frente a mí, una vertiente más de mi coleccionismo.

Me adelanto a decir que colectaba aquellos primeros peldaños sin abusar de mi posición en lo alto de la escalera. Tengo la petulancia, pero también la experiencia, de pensar que, sin estar en lo alto de la escalera, a la inmensa mayoría de las que llegaron por ella las hubiera llevado también a donde quería, dados mis dones transversales de mujeriego. La escalera facilitaba el acopio y sin ella había que buscar en campo libre. Pero ni era tan efectiva la escalera por sí sola, ni era tan adversario el campo libre. Al menos para mí.

A nadie forcé, a nadie jalé con lazo de montar desde lo alto de la escalera. Esto es un hecho. Pero sería un idiota si dijera que estar en lo alto de la escalera no era una razón poderosa para que las debutantes se dejaran lazar, fuese por ingenuas, por ambiciosas o por simplemente gustosas de sí.

Dalia, mi mujer, la mujer a quien aquí llamaré Dalia para no tener que pronunciar su nombre, llegó hasta mí por la escalera que describo. Resplandeciendo a su única manera. Sé muy bien que todo esto es puro *bullshit* misógino, masculino, lo sé muy bien, y sin embargo es la verdad bullshitera de cómo fue mi impregnación de Dalia. Lo que quiero decir es que nadie podrá decir de ella lo que yo puedo decir, lo que voy a decir de ella, porque nadie la miró tan bullshiteramente como yo, tan interesadamente como yo, tan amorosa y desorbitadamente como yo.

Puedo decir esto porque la vi hace unos días, destruido el círculo del encanto que me unió a ella, y vi sólo a una preciosa mujer, una mujer de quedarse viendo, pero no a la mujer de la que yo hablo, la mujer que llegó a estar clavada en el centro de mis glándulas, envuelta en el halo que sólo tienen o sólo pueden tener las mujeres que son queridas, las mujeres vestidas por la mirada del amor, la mirada de la perfección platónica, que nos hace olvidar sus sombras y rendirnos a su belleza inmanente, visible sólo para los enamorados.

Dalia tuvo casi desde el primer momento, ante mis ojos, parte por parte de su cuerpo, paso por paso de su paso, la perfección platónica que tenían sólo a medias sus hermosas formas. Las formas de sus pies, por decir algo, sin posibilidad de ampollas o juanetes. Me había enamorado así de ella, no digo que desde que la vi, ni poco después, sino desde el vulgar e iluminado día en que se comía unos tacos chupándose los dedos, y atrás de aquellos dedos, largos y resinosos, lo que yo vi de pronto no fue el juego de uñas arregladas, los nudillos finos, los cartílagos delicados, sino una elegancia previa de los movimientos mismos, una soberanía del alma trasfundida a la precisión de sus ademanes. Lo que vi fue la belleza inmanente de sus dedos, de sus manos, de sus modos lentos, serenos, económicos, esenciales.

Estaba muy mal preparado para aquellas revelaciones, por la sencilla razón de que no había visto nunca a nadie así, ni remotamente. Había sido feliz encontrándome con mujeres y reincidiendo en ellas, había tenido nostalgia vespertina o matutina de alguna, en realidad de muchas, si me fuerzan, de cada una: otra vertiente del coleccionista propietario. Pero nunca como Dalia.

Entendí luego que, mucho antes de verla comer aquellos tacos, estaba ya loco por ella. Había brotado frente a mí, huida de la caverna, bajo la forma de una edecán que flotaba sobre sus tacones altos, más alta que las otras, en la esbeltez musculada de sus piernas, y en el equilibrio soberano que esparcía al caminar sobre aquellos tacones de templete, atados a sus tobillos por unas cintas de amarres troyanos. Me había mirado como miran las mujeres cuando quieren mirarlo a uno y yo había acudido a su mirada apenas terminaron las cosas del simposio para invitarla a cenar.

Poco a poco fui adentrándome en ella y ella en mí, hasta sentir los dos que vivíamos en la burbuja de armonía y perfección amorosa que habían buscado siempre las mitades platónicas, ensamble en el que nunca había creído, porque mi instinto había sido siempre, y sigue siendo, salvo por aquella excepción de la que seguimos hablando, el instinto del predador, no el de la pareja fiel o el del protector de la manada.

Debo decir que Dalia escaló en unos meses lo que otras no escalaron nunca. Luego de ser un tiempo la coordinadora de mi agenda, que empezaba por abrir en ella espacios para nosotros, fue una muy cuidadosa organizadora de las comidas de mi jefe y amigo, el Ingeniero y Rector, ahora mi examigo.

Un día, ante la ausencia temporal de una conductora, mi jefe dijo:

—Prueba a Dalia, amigo. Que le pongan un teleprómpter y haga una prueba. Será mejor que ninguna.

Los celos cruzaron salvajemente por mí, una pasión que me era desconocida, pero que había empezado a asaltarme hasta con mi jefe y amigo, ahora mi examigo. El oportunista pudo más que el celoso y tomé de inmediato la orden recibida. Esa misma tarde, Dalia estaba haciendo su prueba. Recuerdo que, luego de una hora de explicaciones y correcciones en su trato con el teleprómpter, le hicieron leer, como si fuera en vivo, el guion del noticiero nocturno del día anterior. Al día siguiente, vi la grabación de la prueba con mi amigo, el lubriscente Ingeniero y Rector, ahora mi examigo. Vimos la prueba solos en el monitor de su oficina. A los tres minutos de proyección, le entró una llamada. A los cuatro minutos, otra. Una más en el minuto cinco. Entonces ordenó:

—No me pasen llamadas.

No dijo una palabra en los siguientes veinticinco minutos, hasta que terminó el noticiero. Me volteó a ver al terminar, claramente tocado por el numen de Dalia, del que yo estaba invadido, y dijo, Colón de bolsillo:

—Nace una estrella.

Lo que vimos en esos minutos en verdad había sido sorprendente: una conductora cuya presencia mejoraba ante las cámaras, que actuaba frente a ellas como si no existieran, que leía con una cadencia natural, haciendo sentir que no leía, que miraba a la cámara con el fondo permanente de una sonrisa y una voz suave y fuerte que salía de su boca sin esfuerzo para hacerse escuchar. Y algo más raro y único aún: no necesitaba entender lo que leía para leerlo como si lo explicara.

Dalia fue conductora del noticiero nocturno de la universidad tres años, los tres años que fue también dueña de mi desvarío, el desvarío en estado puro de querer a alguien, hasta entonces desconocido para mí.

Las semanas finales de aquel trienio fueron un clímax de futuro abierto. En unos cuantos días se sucedieron las siguientes cosas:

La Junta de Gobierno de la universidad reeligió en su puesto a mi amigo el Ingeniero Rector, ahora mi examigo, única extensión de mandato que permitía nuestra noble y antirreeleccionista casa de estudios.

Inauguramos un museo de arte moderno sin rival en la ciudad.

Dalia ganó el Premio Nacional de Periodismo por el noticiero universitario.

Y yo gané el Premio Martín Luis Guzmán, de escritores para escritores.

El martes de la siguiente semana Voltaire publicó en *El Imparcial* la prueba de mis plagios periodísticos, descuidados en la curva de mis ardores por Susana Rancapino.

El jueves me acusó también de haberme plagiado el tema de mi novela ganadora.

El lunes siguiente, setenta y nueve escritores firmaron la carta exigiendo que devolviera el premio y renunciara a mi puesto en la universidad.

Quienes han leído hasta aquí saben lo que siguió:

El miércoles renuncié al premio y al puesto.

La noche del miércoles, Dalia y yo vimos juntos el noticiero universitario donde dieron a conocer mi doble renuncia, a mi imperio y al premio.

Y la ballena oscura de los celos, desconocida, sopló dentro de mí sus altos chorros.

¡Ah, los celos!

8

A la siguiente semana, el lunes, sorprendí una llamada de mi mujer con Voltaire. Había encargado que la espiaran, con consecuencias desastrosas.

En el asunto de los celos podría plagiar sin dejar huella al mismísimo Baruch Spinoza, pero lo cito tal cual, para que no me estén chingando.

Ética, Proposición XXXV: Si alguien imagina que la cosa amada se une a otro con el mismo vínculo de amistad, o con uno más estrecho, que aquel por el que él solo la poseía, será afectado de odio hacia la cosa amada, y envidiará a ese otro.

Sigue:

Quien imagina que la mujer que ama se entrega a otro, no solamente se entristecerá por resultar reprimido su propio apetito, sino que también la aborrecerá porque se ve obligado a unir la imagen de la cosa amada a las partes pudendas y las excreciones del otro.

Fui spinoziano hasta la ignominia en mis celos de Dalia. Y fui a buscar los detalles genitales de su traición.

Diré sin pretensiones, más bien con horror, que durante todo este tiempo me supe lúcidamente preso de un asunto clásico, a saber: la tracción dual de los celos, el infernal dilema de querer no saber nada y al mismo tiempo querer saberlo todo: querer saber y querer no saber, al mismo tiempo, hasta el último detalle.

Nada plagio en esto de los desgarros del señor de Swan por aquella mujer que al final no era su tipo, la seudosuculenta Odette de Crécy. Lo que aquí digo viene a mí de mi propia experiencia con Dalia, mi Dalia, y con Voltaire, nuestro Voltaire. Con la Dalia mía que ya era de Voltaire, en el camino que me puso a mí camino al precipicio. De mis pasos por aquel precipicio, que referiré adelante, recobro hoy una sensación de ridículo más que una cicatriz de sufrimiento. Mejor dicho: la huella del ridículo es el subrayado que hay en mi memoria de aquellos dolorosos desvaríos.

Había perdido el puesto en la universidad, pero no había perdido el poder. Conservaba esa zona de poder que está más allá de los puestos, el de las lealtades y los favores personales que la gente otorga a otro y puede reclamar después, a la manera de una complicidad o de un servicio, cuando no de una amistad, o al menos la apariencia de ella. Yo había esmerado mi relación con la red de espías de la universidad, los encargados de la red de información confidencial reservada para la rectoría y sus altos funcionarios. Tenía con esos espías una relación frecuente y natural: nos sabíamos, recíprocamente, cosas que nadie más sabía. En particular sabíamos cosas compartidas de mi amigo el Ingeniero y Rector, ahora mi examigo. El caso es que pedí a mis amigos los espiadores la única cosa que no les había pedido nunca, a saber: que intervinieran telefónicamente a mi mujer.

¡Error fatal!

Antes de las intervenciones telefónicas, yo sabía en general todo lo que había hecho y estaba haciendo mi mujer. Pero al mismo tiempo estaba en el limbo de mi saber preciso de ella, con la tierna reserva de que quizá me había estado equivocando todo ese tiempo sobre ella, sobre su conducta de idiota, o de cómplice, o de traidora, o de las tres cosas juntas, en la destrucción de mi vida.

Sabía que Voltaire había tomado la cabeza de mi mujer, que ella le había dicho el secreto de mi oficio. Pero no sabía hasta qué punto Voltaire había entrado en ella. Digo entrar en ella en el más específico de los sentidos, que es el spinoziano asunto de los genitales. No supe en realidad el tamaño de aquella penetración, que termina en la adhesión del alma, sino hasta que Malaquías, mi cómplice en el espionaje universitario, empezó a mandarme las grabaciones y las transcripciones del celular de Dalia, mi traidora, mi mujer.

Ah, socarrona. Ah, hideputa.

Las mujeres son instrumentos extraordinariamente refinados. Nadie puede tocarlas del todo, hasta la última nota, pero cualquiera puede sacar unos acordes inolvidables de ellas. No me he graduado en el conocimiento de ninguna mujer. Para el caso, de ningún hombre. Es decir, de nadie. He podido inducir y manipular a hombres y a mujeres para conseguir lo que quiero. A partir de Marcelina, desde luego, más a las mujeres. Pero no he podido saber nunca exactamente quién es cada quien. Creo, sin embargo, haber sido un buen operador de los demás, vale decir: un buen implantador de mis deseos en los deseos de otros. Dicho esto, y reconocido todo lo anterior, declaro que ante nadie fui tan ciego y tan desencaminado como ante la mujer que quise más, y más simple y llanamente, la mujer que acabó siendo dueña de las emociones de mi vida, que conocí menos que a ninguna y que me engañó más que ninguna. Me refiero a la mujer que en este texto llamo Dalia porque no quiero pronunciar su verdadero nombre.

En las grabaciones de Malaquías, oí a mi mujer decirle a Voltaire cosas que me decía a mí. La oí reírse excitada con sus malos chistes, la oí rumiarle que sí, rumiarle que no, encelársele de los libros que leía, de que le había evitado la vista al cruzarse en un pasillo de la universidad, de que era muy vieja para él (tenían la misma edad, veinte menos que yo), de que se acordaba muy bien de aquella ocasión, de aquel lugar, de aquella conversación, de cómo la había mirado una vez y no había vuelto a verla nunca, de que se cuidara del resfriado que estaba empezando a tener, y que le contara del libro que había empezado a escribir, y que si se acordaba de ella y cuánto y cómo, y con qué parte del cuerpo, a resultas de lo cual había aceptado, por el teléfono, el juego de tocarse los genitales con Voltaire, a lado y lado de la línea, y *había oído yo* sus gemidos gemelos en la línea.

Ah, los genitales.

Hablé con Malaquías y crucé todos los límites. Le dije:

—Tienes que filmarla en la casa de su amante.

—No es buena idea —dijo el versado Malaquías.

—Quiero filmado todo, cabrón. ¡Todo!

—Se filma lo que se puede —advirtió Malaquías.

—Pues eso, pero todo.

Malaquías no pudo entrar nunca al departamento de Voltaire, como era su especialidad, porque Voltaire tenía un sistema de alarmas impenetrable. Eso me dijo Malaquías. También porque Voltaire pasaba prácticamente todo el tiempo del día en su casa, encerrado, leyendo y escribiendo como un loco, mejor: como un ángel apacible. Malaquías había podido filmarlo una vez, desde una azotea vecina, al través de la celosía mal corrida de sus ventanas. Y tenía para mí una gruesa cosa mal filmada, borrosa, pero suficiente para ver lo que estaba pasando entre Voltaire y mi Dalia y entre ellos y yo, que no estaba ahí mientras Malaquías filmaba, pero fui el más presente de esa escena cuando la vi, presente por el resto de mis días.

Trataré de ser preciso en la descripción de esta adivinación de mi mujer cogiendo con Voltaire como una loca, a través de la neblinosa celosía.

La secuencia es así:

Voltaire leía en el *chaise longue* de su sala, bajo la luz de una lámpara única encendida, cuando tocaron el timbre. Se puso de pie y caminó a la puerta, con desgana de lector interrumpido en su lectura. Abrió la puerta y por la puerta entró un vendaval de mujer que se le echó a los brazos, lo puso contra la pared, lo besó y lo siguió besando mientras él trataba de cerrar la puerta y resistía la embestida, con una mezcla de humor y desgana.

Humor y desgana.

Acarició sin convicción la cabeza de mi mujer y la besó en el cuello para separarla de su boca y para poder llevarla al *chaise longue* original de este párrafo. (Escritores como Voltaire no tienen sofás sino *chaise longues*.) Camino al *chaise longue*, ella iba quitándose ya la casaquilla de Armani y había pateado sus zapatos de tacón al techo, para quedarse descalza, y se iba desabrochando la blusa para dejar al aire sus pechos que no necesitaban brasier para apuntar hacia la boca que buscaban, en este caso la de Voltaire, a quien iba metiéndole las manos en el cinturón para descincharlo y a quien desbraguetaba luego, inmisericordemente, al tiempo que le buscaba la boca otra vez, mientras él (supongo, a través de la celosía) sonreía y se ondulaba bajo Dalia, aceptando, con vanidad pero sin excitación, el vendaval amoroso que se echaba sobre él, el vendaval de mi mujer, semidesnuda ya y urgida de la prisa que faltaba en Voltaire, húmeda de su propia prisa, supongo (ah, las humedades de mi mujer), al punto de que en un solo tiro se quitó la falda y en un solo avance dominante echó a Voltaire sobre el *chaise longue* y ya estaba desnuda sobre él, con el único rincón reservado de su tanga de encajes morados, mientras él estaba echado sobre el *chaise longue* sin haberse quitado siquiera los zapatos, ni la camisa, ni los pantalones, sino sólo abierta la bragueta, con aquella beldad blanca encima, mi mujer.

Veía todo esto neblinosamente, a través de las cortinas del video de Malaquías, pero era como si lo viera con un lente de aumento. Veía lo que simplemente no podía ver en la copia de Malaquías, por ejemplo, que mi mujer besaba a Voltaire con unos labios húmedos que rebalsaban saliva y que Voltaire tenía, siendo tan joven, unos rastros de canas en sus barbas.

Y vi también lo que era imposible ver en el video de Malaquías, a saber: los genitales de Dalia mezclando sus vellos claros con los pelos negros del pubis de Voltaire, subiendo y bajando alegremente por aquella guía no muy aparatosa pero muy lubricadora del mismo Voltaire.

Ah, la guía de Voltaire. Ah, mi mujer bajando y subiendo por ella.

Hasta ese momento yo tenía la ilusión amorosa, propiamente infantil, de que los genitales de mi mujer sólo podían ser y sólo habían sido para mí. Como si los míos hubieran sido también sólo de ella y para ella. Tenía ahora la evidencia de que los había ofrecido a otros. Por lo menos, arrebatadoramente, a la desidia de Voltaire. Sabía ahora, por el video de Malaquías, cómo había sido mi mujer con Voltaire y, por lo tanto, quizá, con otros. Todas las locuras que se permitía conmigo las había tenido con otros y ahora, visiblemente, con Voltaire. ¡Había tenido esa intimidad con otros antes de ser mi mujer! ¡Se la habían cogido gozosamente otros, y ella a ellos, antes de ser mi mujer! No había mentira alguna en esto, pero a la hora de su entrega a Voltaire en el video neblinoso, en cierto modo maligno de Malaquías, era como si Dalia estuviera entregándose por primera vez a otro, en una copia espuria, inaceptable, de la primera vez que habíamos estado en una cama, como si ella entonces hubiera sido una niña virgen, no lo era, y yo el primer beneficiario de sus gemidos evánicos. No lo era tampoco

Ah, ingenuo; ah, hideputa.

Si el celoso pudiera pedir lo que quiere saber pediría saber lo que yo pedí: cómo se cogen a quien quiere, cómo son los detalles genitales de la traición. Es la miseria cognitiva del celoso.

Pero conocimiento es conocimiento, y eso es lo que me dio Malaquías en aquel video maléfico, nublado por la celosía, envenenado por mi imaginación: la manera en que mi mujer se echaba sobre Voltaire y Voltaire aceptaba su embate furibundo con displicencia.

Ay, Dalia: tonta, loca, flor de mis días, anhelo de mis anhelos. Cómo pudiste querer tanto a otro mientras tanto me querías a mí. Cómo pudiste ser tan doble en el doblez que podía herirme más y que destruyó mi vida. No importa ahora si estoy vivo, ni si tú has rehecho tu vida. Importa, mientras escribo, que destruiste la fantasía posible de nuestras vidas. Ay, simple; ay, enamorada. De mí y de todos los otros que cruzaron de tu vida. Ah, tinaja amorosa, hospitalaria: cómo dejaste entrar en ti a Voltaire y le entregaste todos nuestros secretos, en el horno incomprensible de tu amor por él, que te engañaba más que nadie, desde luego más que yo, porque se quería a sí mismo más que yo, mira quién te lo dice, y por tanto te quería menos que yo y menos de lo que cualquier otro hubiera podido quererte. Porque nadie era capaz de querer menos que yo, salvo Voltaire. Ah, lerda, pánfila enamorada mía, mi infiel, mi pérfida, mi dalia perdida, cómo destruiste lo que nos teníamos, cómo fuiste a darte donde más podía dolerme sólo porque a ti te gustaba un poco más, y a él menos, poco o nada.

Me disculpo por estos efluvios líricos que no he intentado nunca plagiar en nadie, es decir que no he admirado en nadie, y que, sin embargo, debo reconocer, son consustanciales a la verdad de los celos en la vida y en las letras.

El hecho documentado es que se la cogía Voltaire. Mejor dicho: ella a Voltaire. Eso me decía el video neblinoso de Malaquías.

¿Por qué me hiciste caso, Malaquías? ¿Por qué no me dijiste lo que sabías bien, a saber: que en este caso saber de más era curarse de menos, enfermarse para siempre, inolvidar?

9

No pude sino espiarla los siguientes días, martes y miércoles, también
con consecuencias desastrosas.

Fui a ver a Marcelina en su apacible casa de retiro. Le conté lo
que había descubierto sobre Voltaire, sobre su genio puesto al
servicio de mi destrucción, sobre mi mujer puesta al servicio
de su *chaise longue.*

Nada dije de mis celos, pero ella los leyó sin anestesia.

—Tienes que matarlo —dijo, con la mirada fija que debió
tener Moisés cuando le hablaron en el monte de las tablas de
la ley—. Su talento es invencible. Tienes que matarlo.

Aquí tuvo un golpe de Alzheimer. Pasado el golpe, añadió:

—A cuchilladas.

Estas últimas palabras, dichas al pasar, por una anciana re-
juvenecida por el odio, tuvieron consecuencias. Se verán adelante.

Yo le respondí:

—Cuchilladas sería poco.

Marcelina fue a la cocina con pasos militares, tambaleantes
pero decididos, y trajo una botella de *whisky* con un vaso.

—Bebe y habla —dijo—. Luego, recuerda. Y luego, castiga.

Bebí y hablé hasta muy tarde, hasta que la propia Marcelina
se quedó dormida. Volví a la ciudad borracho, manejando un
coche que fue a dar por sus propias llantas a las dos coquetas
cuadras de la calle donde estaba el edificio de Voltaire. Las

luces de su departamento estaban apagadas. Estacioné el coche, apagué el motor y me dispuse a ver lo que pasaba ahí, hasta que me quedé dormido.

En algún cabeceo de la madrugada volví en mí. Las luces del departamento de Voltaire seguían apagadas. Manejé a mi casa, pero no metí el coche en la cochera, sino que lo dejé estacionado fuera y me eché a caminar por las calles, recuperando un hábito de joven que había disparado siempre mi cabeza hacia otros mundos. Caminé hasta el amanecer, volví a mi casa a la hora del desayuno.

Dalia estaba sentada en la cocina tomando un té de canela. Tenía los ojos rojos y unas hermosas ojeras de *cocotte* francesa. Estaba preocupada, me dijo, por mi ausencia. Me preguntó dónde había estado.

—No creo que quieras saber —respondí, como sugiriendo que había estado con otra, o que me había ido de putas o que el dolor de las pérdidas me había roto la cabeza y había en mí un nuevo menú de locuras y despropósitos, furias y penas (¿Huidobro? ¿Neruda?): desvaríos de la vida herida—. Alguien se va a morir aquí —le dije—. Porque todo esto es demasiada pérdida, demasiado dolor.

Vino a consolarme genuinamente, como quien consuela a un niño. Y la vi llorar, la mitad por mí y la mitad por ella.

Al despertar me esperaba otro informe de Malaquías, ahora de lo que había investigado sobre los tiempos de la relación de mi mujer con Voltaire. Tenía precisiones sobre su primera entrevista, su primera comida, su primera ida a un hotel, su primer encuentro en el departamento de Voltaire. Todo eso había pasado en las dos semanas locas de la reelección de mi amigo el Ingeniero y Rector, ahora mi examigo. Aquella campaña me había sorbido el tiempo y el seso en aquellos días, al punto de no saber de mí y no salir de mi oficina. Me quedaba a dormir en el cuartito *ad hoc* de la oficina contigua del Ingeniero Rector, donde él dormía también envuelto en su propia adrenalina.

No tuve casa esos días, ni mujer, como si fuera un agente viajero. De manera que nada de lo que decía el informe de Malaquías me sorprendió. A estas alturas de mi conocimiento, todo era como sumar dos más dos. Más aún: la relación de los hechos de Malaquías, en cierto modo exculpaba a mi mujer. Lo cierto es que yo había dejado abierto el espacio y ella había caído presa del mayor talento de su generación, quiero decir, de Voltaire, un escritor único, elocuente por escrito y por hablado, de una erudición precoz y al mismo tiempo natural, y además un macho joven, de piel parda y ojos amarillos, con un talle largo de buenas espaldas y unas piernas de futbolista como quería Auden que fueran las de los poetas. En especial, las de los poetas que le gustaban a él.

Voltaire no era el depredador sexual que podía ser, sino el narciso convocante. Nadie percibía mejor que yo su irradiación involuntaria sobre los ensueños y los apetitos de otros. Era una irradiación universal: femenina, masculina y andrógina. Concentraba las miradas y las sonrisas invitantes de hombres y de mujeres, de heteros y de gays, de transgéneros, de pubertos y de adolescentas, sin que aquel entorno concupiscente que levantaba a su paso encendiera en él, realmente, ninguna chispa gemela. Suscitaba una adhesión ensoñadora o libidinosa, pero en el fondo de su ser había un anacoreta, un extraño dios del amor, paradójicamente retirado del mundo, dedicado a escribir, a leer, a oír las grandes melodías apasionadas que nacían del fondo neutro, desapasionado y visionario de su alma.

Descubro al escribir esto que yo mismo estaba prendado de él.

Le dije entonces a Malaquías que no quería más informes, sino sólo el dato puntual, cuando lo supiera, de la siguiente visita de Dalia al departamento de Voltaire.

—No es buena idea —dijo el versado Malaquías.

Lo insulté por su comentario, como si fuera mi subordinado. No lo era, pero él, amistosamente, hizo caso omiso de mi maltrato. Aceptó la encomienda.

Todo esto pasaba la mañana del martes.

La tarde del miércoles me llamó Malaquías. Me dijo:

—Quedaron de verse hoy a las ocho en el departamento de Voltaire.

Con doblez digno de Yago, le pregunté a mi mujer qué iba a hacer esa noche. Con frialdad digna de Yago me dijo que tenía una cena de amigas de su generación, que iba a echarse unas champañas, que no la esperara despierto.

A las siete le dije, con perversidad digna de Yago, que iba a ir al restaurante de la colonia a echarme unos tragos y a cenar, pues no había comido desde la noche anterior.

Le pareció normal, como les parecen a los amantes urgidos de ir a su cita clandestina las estupideces que puedan hacer mientras tanto sus parejas.

Escondimos así lo que realmente pasaba. Lo escondió ella sola, en realidad, porque lo que yo hice fue caminar directo a mi derrota, acabar de ponérmela en la cara.

Quiero decir que no fui al restaurante de la colonia, desde luego, sino que contraté un taxi por horas y fui a apostarme con él en la esquina del edificio de Voltaire, a media cuadra, para verla llegar. Llegó minutos antes de la hora, envuelta en unos trapos magníficos, caminando sobre unas botas de cuero, con prestancia de modelo por la pasarela, y con el pelo bailando sobre sus hombros al caminar, en una declaración irrecusable de alegría.

Ah, hermosa; ah, dichosa.

Me dispuse a esperar, dentro del taxi, a que saliera. Lo que sucedió dentro del taxi desde el primer minuto es que pasó por mi cabeza, una vez y otra, el video imperfecto, perversamente imperfecto, de Malaquías.

Cuando mis quejas y mis lloriqueos empezaron a escandalizar al chofer, despedí el taxi y me senté en la banqueta frente al edificio de Voltaire, junto a un enorme fresno.

Voltaire vivía en el tercer piso del edificio. Sus ventanas daban a la calle, así que podía verlas desde la acera, prendidas como estaban, parpadeando al ritmo de mis celos.

Podía imaginar desnuda a mi mujer en brazos de Voltaire, pues recordaba el video de Malaquías, y conocía su cuerpo. Pero no podía imaginarla esa noche como la recordaba, ni como la había visto a medias en el video de Malaquías. La recordaba peor, en una furiosa entrega de impudicias desconocidas para mí, pero invencibles en mi imaginación. Me refiero a la manera como podía serme infiel en mi cabeza en los brazos de Voltaire, con una pasión de la que yo nunca había sido beneficiario, de la que el único dueño desmandado era Voltaire.

Ah, cómo cogía mi mujer con Voltaire en mi cabeza, cómo se trenzaba con él con las piernas abiertas de *ballerina*, con su hermoso pelo de amazona girando en el desenfreno de su cabeza como un molino de viento.

Puedo decir esto que sigue sin faltar un momento a la verdad: nunca se cogió tanto Voltaire a mi mujer como aquella noche, bajo aquel fresno magnífico, en mi cabeza.

Ah, hideputa; ah, ciega; ah, traidora enamorada.

Así estuve aquellas horas, sentado, desde las 8:13 hasta las 12:47 de la noche, en que vi llegar un taxi a la puerta del edificio de Voltaire. Poco después salió Dalia a la puerta del edificio, en compañía de Voltaire, que bajó a despedirla.

Vi a Dalia besar a Voltaire con la pasión de las mujeres que creen que han encontrado el amor de su vida, el festín de pasión de las parejas que empiezan. Y vi a Voltaire recibir el beso de Dalia y despedirla con la naturalidad del hombre que simplemente acaba de cogerse a alguien.

Cuando Dalia se fue y Voltaire cerró la puerta de la entrada del edificio, tuve el impulso de tocar para regresarlo y hacerle saber lo que sabía. Llegué a la puerta, de hecho, y estaba a punto de tocar el timbre, cuando la luz se fue. Sé que esto de que se vaya la luz de pronto es incomprensible en muchos países, pero es común en el nuestro, al punto de que para describir el hecho aquí tenemos una palabra: el apagón.

Hubo un apagón en el edificio, en la cuadra y en la colonia de Voltaire, precisamente en el momento en que me disponía a tocar su timbre, subir la escalera, verlo cara a cara, retarlo y quizás matarlo. No sé cómo iba a matarlo, pero recuerdo que pensé en quitarme el cinturón de hebilla grande que tenía, anudármelo en el puño derecho y saltar sobre él con ese puñetazo, en cuanto abriera la puerta con cara de qué.

Pero las luces se fueron en ese momento, como digo, en lo que la lengua española conoce como un santiamén. Se fueron las luces del edificio en cuya puerta estaba, también las luces de la calle donde había pasado esas horas y las luces de la colonia toda, que quedaba alumbrada sólo por el resplandor remoto de la ciudad y por un arquito de luz que quedaba en la luna.

Lo tomé como un augurio y me largué. Caminé a oscuras tres o cuatro calles hasta el lindero de la siguiente colonia que sí estaba iluminada, y luego no sé por dónde, rumbo a nuestra casa, no sé por qué digo nuestra, pero dando rodeos caprichosos en todo, salvo en la rumia de mi rabia. Llegué a nuestra casa al amanecer, exhausto de mis pasos y de mis celos mesentéricos.

Me vi en el espejo de la entrada. Vi un rostro delirante. Quiero decir: amarillo, alborotado del pelo, estriado de la frente, colgado de las mejillas, vampírico de las ojeras y de la luz de las pupilas.

Dalia esperaba en la cocina fingiendo que me esperaba a mí. Le dije, antes de que abriera la boca:

—Calle Gobernador García Conde 1, tercer piso.

Era la dirección de Voltaire.

La taza de té que Dalia tomaba dio un salto parkinsoniano en sus manos y cayó al piso.

—Te vi llegar y te vi salir —seguí—. Espero que alguien los mate cuando estén cogiendo. Y que ese cabrón sea muerto a cuchilladas.

Descubrí al decirlo que plagiaba a Marcelina.

Dalia me dijo:

—¿De qué estás hablando? No te conozco.

Yo dije, sin faltar un ápice a la verdad:

—Mi único consuelo posible en este momento es que ese cabrón sea muerto a cuchilladas.

Era la noche del miércoles.

10

El jueves Voltaire amaneció muerto en su departamento, acuchillado.
La noticia empezó a saberse desde temprano por la radio universita-
ria. Mi mujer y yo desayunábamos juntos ese día, como todos los
días. Al oír la noticia, me miró espantada, como si yo fuera el
asesino. Esa misma mañana se fue de la casa y me denunció.

Amanecimos el jueves en cuartos separados, como los dos espías
descubiertos que ya éramos, sin tener cosas que decirnos que
pudieran cerrar la grieta descubierta, ni acabar de abrirla.

Nos encontramos a la hora del desayuno en la cocina, una
cocina muy buena, debo decirlo, hecha para la convivencia y para
la ausencia del servicio doméstico, pensada sólo para los habitan-
tes íntimos de la casa, la pareja moderna que éramos Dalia y yo,
la pareja que habíamos dejado de ser o que éramos más que nunca, si poníamos a Voltaire en la ecuación.

Desvarío, pero no miento.

Bajamos mal dormidos y despeinados, la mañana de aquel
jueves, a nuestra cocina compartida, yo bastante más jodido
que Dalia, cuya virtud era la fragancia, y pusimos el café, que
ella no tomaba, y el agua para las infusiones de canela, que eran
su preferencia, y yo hice el jugo de naranja, del que Dalia sólo
bebía un sorbo, y el plato de papaya del que tomaba un poco
más, siempre y cuando no se fuera en el corte parte de la cás-
cara, que yo no siempre evitaba, y siempre y cuando la papaya
tuviera ese olor fresco y neutro que tiene cuando está en su

punto, no el olor desviado que tiene cuando no es de temporada, el olor desviado de los genitales, pensé yo esa mañana, el olor que Dalia le había dado con todo y las cortezas a Voltaire la noche anterior en el fragor de unas rotundidades amorosas que no me había dado a mí.

Fuck de los celos.

Dalia, Dalia, Dalia, ¿por qué estabas cogiendo con él? ¿Precisamente con él?

¿Y por qué era yo capaz de imaginar su muerte, de desear su muerte, de desearte la muerte mientras tú cogías con él, y que a él lo murieran a cuchilladas?

—Mi único consuelo es que ese cabrón sea muerto —le había dicho—. A cuchilladas.

Lo de las cuchilladas lo había tomado de Marcelina, pero eso no se lo había dicho a Dalia. Me había plagiado a Marcelina, sin dejar huellas, para dejarle claro a Dalia todo lo que llevaba dentro la frase: que sabíamos los dos de qué hablábamos, que la había descubierto hasta en el último detalle de su traición a mí, que mis celos eran del tamaño de mis impulsos homicidas.

Como nada teníamos que hablar que no condujera a los callejones del párrafo anterior, Dalia prendió el radio en el lugar donde estaba siempre prendida nuestra radio, en el noticiero universitario, que tenía tres ediciones, matutina, vespertina y nocturna.

Eran como las diez de la mañana y el tiempo del noticiero matutino había pasado ya, hacía como dos horas, pero la estación volvía una y otra vez con la noticia que había enlutado/ horrorizado/ sacudido al medio universitario/ intelectual / artístico del país.

A saber: que el joven y extraordinario autor que aquí llamamos Voltaire había amanecido muerto en su departamento. Acuchillado.

El noticiero llevaba varios cortes tratando de no incurrir en los detalles sangrientos del hecho, pero estaciones menos universitarias habían ido contando, poco a poco, y mucho a mucho, los detalles de la carnicería, a saber: que el gran autor premiado por su primer libro de poemas, por su primer libro de ensayos, celebrado por su reflexión luminosa sobre la crisis de su país en el útero del cambio del mundo, había sido cosido a cuchilladas en la puerta de entrada de su departamento y luego, al parecer, herido de muerte, o muerto ya, metido a su departamento para acabar de acuchillarlo y para mutilarlo ahí.

El país rebosaba de ejecuciones que incluían mutilaciones y tortura, pero en el ámbito de la vida literaria y de la cultura, en el espacio de la universidad, no había sucedido nunca nada semejante con un creador joven que era, incontestablemente, la promesa dorada, en muchos sentidos ya cumplida, de su generación. El clásico instantáneo y precoz que yo llamo Voltaire.

Mi mujer alzó los ojos de la papaya que yo le había cortado y me miró espantada. No hizo la cosa normal que debía haber hecho, dar de gritos, echarse a llorar como una loca, berrear y patear por su amor perdido, cuyos humores llevaba todavía en el cuerpo. No. Lo que hizo fue meter la cara en su plato de papaya, en medio un silencio pálido, y terminar de comerla con disciplina de pelona de hospicio.

Luego dijo:

—Voy al baño.

Mientras el corte noticioso añadía detalles horrendos a la muerte de Voltaire, efectivamente Dalia fue al baño de visitas, que estaba a la entrada de la casa, pero en vez de entrar al baño, se siguió de frente, abrió la puerta y salió corriendo de nuestra casa como si corriera por su vida, recordando quizá mis palabras de la noche anterior. A saber: que ojalá los mataran a los dos mientras cogían y a Voltaire a cuchilladas.

Bueno, pensaría que yo había dado cuenta de Voltaire, y que faltaba ella.

Eran las once de la mañana, apenas había dormido. Algo hubo de placentero en saberme capaz de infundir el miedo de un asesino serial. Me dormí en el sofá de la sala. Desperté pasadas las dos de la tarde con el corazón alerta, resplandeciendo en un achaque de lucidez. Entendí con absoluto rigor que para cualquier mirada externa, en especial para la de mi mujer, yo había sido profeta del crimen sucedido y, por tanto, su más probable autor. Había estado en la escena del crimen, tenía motivo, no tenía coartada y había hablado de las cuchilladas para Voltaire. Las cuchilladas deseadas por Marcelina se volvían en este contexto, no la expresión de un deseo, sino la confesión de un propósito asesino. Un propósito cumplido. La irrefrenable realidad había convertido mi plagio del dicho de Marcelina en una especie de confesión de juzgado.

Vi venir el tsunami sobre mí.

Llamé a Malaquías, pero no respondió mi llamada. Al rato recibí en mi celular un número a donde podía hablarle. Malaquías me contó por ese número que la universidad estaba en shock. La prensa había tomado el asunto como si se hubiera repetido el asesinato de Trotsky. Había otros detalles que no me podía decir por teléfono, sólo en persona. Me buscaría más tarde para eso.

—Por lo pronto, consigue un abogado —sugirió el advertido Malaquías.

Luego de unos minutos de ensoñaciones delirantes, en las que me sentí Barba Azul, volvió a mi cabeza mi verdadero yo, que es el de la conquista activa de la realidad más que el de su sufrimiento pasivo.

Quiero decir que sonó el teléfono fijo de la casa, que por alguna razón sonaba como un timbre de antiguo turno fabril.

Era mi amigo el Ingeniero y Rector, ahora mi examigo:

—¿Qué hiciste, cabrón? ¿Qué chingados hiciste?

—No hice nada.

—¿No hiciste nada? Pues vas a tener que probarlo. Te tienen filmado en las pinches cámaras externas de la casa del muerto, sentado abajo de un árbol, yendo y viniendo como un loco, justamente antes de la hora del crimen. ¿Andabas ahí o no andabas?

—Andaba.

—¿Y qué hiciste, cabrón?

—No hice nada. Me regresé a mi casa.

—Eso no hiciste, cabrón. A tu casa llegaste al amanecer.

—Caminé por la ciudad.

—¿Caminaste por la ciudad? ¿Qué clase de coartada es ésa, cabrón? ¿No estabas con una novia? ¿No estabas en un cabaret? Mira, escúchame bien, te hablo como amigo. Me acaba de mandar la relación inicial de la investigación El Secretario.

El Secretario, como he dicho, siempre era para él el secretario de Gobernación, su candidato a la candidatura presidencial del partido gobernante.

—Me lo manda para que tome providencias, porque esto va a ser muy caro para la universidad, cabrón.

—¿Qué va a ser muy caro? —pregunté.

—El caso de que un alto exfuncionario de la universidad haya matado a la mayor promesa de la universidad.

—Yo no lo maté.

—Vale madre si lo mataste o no —dijo mi amigo, en uno de aquellos accesos de amoralidad que nos había acercado tantas veces en la vida—. Lo que importa es si puedes probarlo. Y va a estar cabrón, porque tienes en contra hasta el testimonio de tu mujer.

—¿Mi mujer?

—Tu mujer, cabrón. Ha venido a contar que acuchillaste al interfecto.

—¿Acuchillé?

—¿Le dijiste a tu mujer que el interfecto debía ser acuchillado, cabrón?

—Se lo dije. Pero no lo acuchillé.

—Pues díselo a ella.

—¿A Dalia?

—¡A Dalia, cabrón!

Hizo una pausa y cambió de tono:

—Sé que vas a ver a un amigo común en un rato —se refería a Malaquías—. Te voy a mandar con él todo lo que tengo.

Me interesa que te defiendas muy bien, pero no puedo prestarte el bufete de la universidad para defenderte. En primer lugar, porque ya no eres funcionario de la universidad. En segundo lugar, porque estoy deslindando por completo a la universidad del hecho y abriéndola a todo lo que quiera investigar la policía. Sólo quiero que me digas esto, de amigo a amigo, con el corazón en la mano: ¿tú mataste a este pendejo, cabrón?

Tuve entonces la única duda sobre mi cordura que he tenido en la vida. Pensé durante aquellos segundos, genuinamente, si no había, en efecto, entrado al edificio de Voltaire y lo había matado a cuchilladas. Si no había borrado todo eso de mi memoria, convirtiéndolo en la versión idiota de una cavilación ambulatoria por las calles del apagón de la noche anterior. Es decir, que dudé de si no era un loco más loco de lo que era, un loco acuchillador, un asesino capaz de matar sin tener memoria de sus crímenes. Tardé esos dos segundos en responder y respondí:

—No.

Supongo que mi amigo el Ingeniero y Rector, para ese momento mi enemigo, oyó más mi silencio que mi negativa, porque dijo, con aire de quien se da por vencido:

—Que Dios te bendiga.

Yo escuché: "Al carajo contigo".

Malaquías me citó en un restaurante de Polanco que se llama La botiglia. Cuando entré al restaurante el capitán de meseros, al que conocía, porque comíamos ahí Dalia y yo cada dos semanas, me dijo que pasara al lobby, contiguo del Hotel Polanco. En el lobby del hotel un *bell boy* advertido me llevó al cuarto alquilado esa tarde por Malaquías. No he dicho el nombre ni describiré la fisonomía real de Malaquías, para honrar su exigencia de cautela y su profesionalismo de hielo. Debo hacer su elogio: transmitía la certidumbre de que no mentía, de que no inventaba y de que no traicionaba nunca las confidencias de su oficio. Ante preguntas precisas, estaba dispuesto siempre a decir una vez lo que pensaba. Ni una más.

Puso en mis manos un fólder con tres fotocopias, una de ellas la del cuerpo ensangrentado, desnudo, de Voltaire. Aparecía reclinado en una esquina de la sala, con dos cortes en la cara y una constelación de cuchilladas en el pecho, los costados, el vientre.

—Puta madre —dije.

—Sí —dijo Malaquías.

Las otras dos hojas daban cuenta de lo que me había resumido mi amigo el Ingeniero Rector, ahora mi examigo:

Las cámaras de vigilancia de la calle habían registrado mi presencia en la calle de Voltaire, habían registrado también la entrada y la salida de Dalia. Y a Voltaire despidiéndola. Dalia había confirmado ya estos hechos. Lo había hecho primero con el abogado de la universidad y éste, por orden de mi amigo el Rector, le había aconsejado emitir de inmediato sus declaraciones ante el ministerio público, las cuales estaba rindiendo en estos momentos, según dijo Malaquías. Mientras hablábamos.

—Lo peor de esta parte es que Dalia lo inculpa a usted —explicó Malaquías—. Le ha dicho al abogado de la universidad y le dirá al Ministerio público, que usted no estaba en su casa a las horas del asesinato. Que usted volvió muchas horas después, al amanecer. Que el día anterior usted le había dicho que quería muerto a Voltaire. Y que lo quería muerto acuchillado. Aconsejo reparar en el hecho de que, para el momento en que expresó usted este último deseo, el deseo estaba cumplido y el occiso acuchillado. Recomiendo, por segunda vez, un abogado. La universidad no podrá prestar ese servicio.

—Lo sé.

—Debo preguntar esto —siguió Malaquías. Levantó la fotocopia de Voltaire acuchillado y preguntó—: ¿Usted tuvo algo que ver con esto?

—No.

—¿Ni directa ni indirectamente?

—¿Qué quiere decir?

—¿Ni lo hizo usted ni lo mandó a hacer?

Esta vez respondí sin dilación alguna:

—No.

—Entonces va a necesitar usted un abogado. Y un investigador —dijo Malaquías—. Investigador, tengo un conocido que ya anda en la averiguación de este caso. Le tocó en su turno. Se llama Saladrigas. No hace falta que lo busque, él se presentará esta tarde. O esta noche o mañana por la mañana. Porque, a más tardar mañana por la mañana, amigo mío, usted recibirá la visita de la policía. Le ruego no hacer nada, hasta ese momento, que denote desesperación o miedo. Entréguese a la averiguación como lo que es: inocente. Y que ellos encuentren al culpable. Saladrigas es garantía de que la investigación irá más allá de lo obvio.

Luego me quitó las fotocopias de la mano:

—No puedo dejarle esto. Y no puedo ayudarlo más. Para todo efecto práctico, no nos hemos visto. Le deseo mucha suerte.

Buen amigo, Malaquías. El único que me quedaba en aquellos momentos, y acababa de perderlo.

11

*El viernes temprano me visitó la policía bajo la forma del detective
Saladrigas, quien acabó sabiendo todo. Incluso, a su manera,
quién era yo.*

Volví a mi casa del Hotel Polanco a eso de las cuatro de la
tarde. Llamé a Marcelina para que me recomendara un abogado. Me dijo:

—Tengo al defensor justo para tu justo crimen.

—Yo no lo maté, Marcelina.

—Digo tu justo crimen —porfió Marcelina—. Y sé lo que
digo.

Nadie me conocía mejor que Marcelina. Sus palabras levan-
taron en mi cabeza una hojarasca de culpas. Me devolvieron a
la hipótesis de mi posible locura extrema, la posible historia de
horror de mi memoria. Quiero decir, que yo hubiera acuchillado a Voltaire y olvidado el hecho en la misma negra noche
de mi mal (esta línea es un plagio).

No tengo hábitos alcohólicos pero, al menos en dos ocasiones, he vuelto en mí de una borrachera sin recordar lo que
hice la noche anterior. Una de aquellas veces amanecí al lado
de una mujer que no conocía ni recordaba. Estuvo muy ca-
riñosa y adulona, recordando la trifulca de nuestra noche
previa en la que, según ella, yo había mal matado a golpes a
uno que quiso propasársele. "Me defendiste, mi rey. Nunca
lo voy a olvidar."

Tenía también el recuerdo de una pelea infantil, al final de la primaria, en que me había echado con furia sobre el niño que se había pasado el fin de cursos provocándome, y al final de la pelea no recordaba nada, ni recuerdo ahora, sino que estaba en la oficina del prefecto, con los puños heridos de golpear a mi provocador y mi memoria en blanco, absolutamente en blanco, sobre cómo lo había golpeado. Aquel pleito provocó una demanda de los padres, porque mi golpeado fue a dar a un cuarto de urgencias por cuatro días. Volvió en sí entero, pero sin control temporal de su brazo derecho, hasta que, dos meses después, mientras jugábamos un veintiuno en la cancha de basquetbol de la escuela, con su supuesto brazo malo me puso un tapón salvaje que paró mi canasta, me hizo caer de espaldas y me dejó tendido varios segundos, inconsciente, en el patio de chapopote donde jugábamos durante los recreos. Le tuve miedo el resto de mis días y él a mí. Nunca volvimos a pelearnos.

Hice lo que dijo Malaquías, me fui a mi casa y esperé la visita de la ley.

Fue una espera larga, durante la cual volvió a imponerse en mi podrida imaginación la hipótesis de que podía haber acuchillado a Voltaire sin recordarlo. Traté de hablar con el acuchillador desconocido que podía haber dentro de mí. Pero el acuchillador desconocido me desconocía recíprocamente, no compartía conmigo sus secretos, ni yo los míos con él. Pasé una noche febril hablándome sin contestarme, hablándole en realidad al posible otro que no existía o al menos no me respondía, en el fondo opaco, largo, impenetrable de mi memoria.

¿Mía? ¿Suya? ¿Nuestra?

Había sido mucho tiempo un usurpador de las letras de otros, pero no podía hablar con el criminal que podía haber usurpado mi vida aquella negra noche de mi mal (esta línea es el mismo plagio que la anterior).

Tal como había dicho Malaquías, la policía se apareció a la mañana siguiente. Desde temprano pusieron patrullas fuera de mi casa, en espera de la orden de aprehensión que se había cocinado en los medios la noche anterior, con la difusión estelar del homicidio y de su naturaleza pasional. Todas notas fundadas, inspiradas, por la lógica cuchillera de mis celos. En nada podía terminar tanta mi lascivia inversa sino en el acuchillamiento de Voltaire, sobre todo si Dalia, mi Dalia, llorosa y asediada por una nube de reporteros, había asentido con la cabeza a la pregunta de si me había oído desear el acuchillamiento de Voltaire.

¿De dónde habían sacado los reporteros que Dalia me había oído desear eso? De la declaración que la misma Dalia había hecho, aquella tarde, ante el ministerio público, declaración que había sido filtrada a la prensa, ilegalmente, en servicio del derecho a la información. Cosas de la justicia local.

Todo sudaba verdad en aquellas notas, empezando porque había deseado muerto a cuchilladas a Voltaire. Pero su acuchillamiento no estaba en mi memoria, no estaba en mí. En mí estaba sólo el celoso que le había deseado ser acuchillado, pero yo no lo había acuchillado o al menos no estaba en mí la memoria de haberlo hecho, sólo la sospecha, etcétera.

¡Sospecha, que algo queda!

Deliro y me repito, lo sé, pero así deliraba y me repetía en aquellas horas negras.

A las once de la mañana se presentaron en mi casa dos agentes del Ministerio Público, una mujer de chinos oxigenados y barriga doble. Y un abogado de bigote negro y cejas circunflejas. Puestos los dos juntos, tenían a la vez algo de somnoliento y de sombrío.

Atrás de ellos entró a la casa el detective investigador de turno, llamado Saladrigas, mirando sin prisa todo lo que veía.

Saladrigas me dijo su nombre y me mostró el documento que traían: una llamada "orden de presentación", que quería decir, simplemente, que el Ministerio Público me ordenaba comparecer para preguntarme lo que sabía, como posible testigo, en la investigación del caso.

Todo esto me lo advirtió la mujer de los chinos y la doble banda abdominal, leyendo un protocolo de rutina, ante los ojos atentos y a la vez somnolientos, no sé cómo decirlo, de su acompañante.

—Su declaración como testigo del caso puede durar el resto de su vida —dijo entonces Saladrigas—. Yo le sugiero que me cuente lo que sabe del caso de una vez. Aquí mismo, en su casa. Yo, a mi vez, tengo algunas cosas que contarle que podrían ayudarle en su defensa o acabarlo de hundir. Todo depende.

Como puede verse por sus primeras palabras, Saladrigas era un detective de los que no existen en ningún lado salvo en la realidad y en las novelas. Quiero decir: por necesidad en las novelas y por excepción en la realidad.

—Quiero pedirle una cosa a la que se puede rehusar, pero que nos pondría a los dos en el camino correcto —dijo Saladrigas.

—¿Qué cosa?

—¿Puede desnudarse y dejarme verlo?

—No hay mucho que ver —dije.

—¿En su recámara? —siguió Saladrigas.

Recordé que Malaquías había mencionado favorablemente su nombre. Acepté por eso su solicitud delirante. No sin ira.

Fuimos a mi recámara. Me quité la ropa con rabia de vejado. La chamarra primero, la camisa después, la camiseta luego. Iba a empezar a quitarme los pantalones cuando Saladrigas dijo:

—Es suficiente. A menos que tenga una herida en las piernas.

Como toda respuesta, me quité también los pantalones. Me quedé en calzones y calcetines.

—Suficiente —dijo Saladrigas—. A menos que tenga una herida también en aquellito.

Me bajé entonces los calzoncillos.

Saladrigas me miró de arriba abajo como miraba todo, con la salvaje neutralidad de un espejo. Luego caminó hacia mí.

Dio una vuelta lenta por mi cuerpo desnudo. Cuando estaba a mis espaldas, sentí sus dedos callosos en mi nuca despejando el pelo para mirarme el cuello, y los mismos dedos de lija en mis parietales, haciendo la misma operación, para mirarme bien las orejas. Luego apareció de nuevo frente a mí.

—Según yo, usted no fue —me dijo—. Mejor dicho: no tiene huellas de haber sido. Mi problema es que no sé quién fue. Y mientras no sepa, usted es el sospechoso favorito. Invíteme un café.

—¿Desnudo o vestido? —pregunté, vejado todavía.

—Muy buena —rio Saladrigas—. Perdón por haberlo encuerado. Créame que ha sido a su favor.

Hice café para Saladrigas, y para la gorda y para el circunflejo, en mi máquina Nespresso (*product placement* le llaman a esto, en el avanzado mundo de la publicidad).

Preparé también el mío.

Empezamos a tomar nuestros cafés en la mesa donde Dalia y yo desayunábamos todos los días, con frecuencia después de nuestras lascivias mañaneras.

Saladrigas dijo:

—Estuve ayer en la casa del escritor muerto.

—Voltaire —dije yo.

—No es ése su nombre —dijo Saladrigas.

—Lo es para mí.

—¿Quiere saber lo que encontré en la casa?

Asentí.

—Lo que tenemos es un crimen de alguien que ha sido muerto en su departamento de diecisiete puñaladas. Es interesante la diferencia entre las puñaladas. Hay unas superficiales y otras mortales. Como si dijéramos unas de casualidad y las siguientes de pasión.

—¿Cuántas y cuántas? —deliré.

—Las primeras cinco de casualidad —dijo, serenamente, Saladrigas—. Mejor dicho, infligidas en el curso de una pelea. Eso explica que sean superficiales. Quiere decir que el occiso se estaba defendiendo. Que usted no tenga heridas, ni siquiera raspones, quiere decir que no fue parte de ese pleito. El homicida tuvo que sacar de ese pleito al menos unos raspones. Porque fue un forcejeo de varios metros, de la entrada del departamento a la esquina de la sala. Las cuchilladas de la pasión, vinieron después, una vez terminada la pelea, estando el derrotado inerme.

Me gustó la escena del pleito que describía Saladrigas: Voltaire defendiéndose de las puñaladas que iban a matarlo.

—Usted no tiene huellas de haber estado en una pelea —dijo Saladrigas.

—Eso ya me lo dijo.

—Se lo dije. Pero ¿estuvo usted?

—No.

Saladrigas se puso entonces nocturno y retorcido:

—Quiero decir: ¿usted estuvo presente, presenciando esa pelea, mientras alguien peleaba por usted?

—¿Contra Voltaire?

—No hay ese nombre en el expediente.

—¿Contra el occiso?

Saladrigas volvió a su interrogatorio:

—Dígame lo que pasó, según usted, esa noche. Dígamelo detalladamente.

La mujer de doble abdomen empezó a escribir en su aparato estenográfico, adelantándose al protocolo debido de mi declaración.

Cosas de la justicia local.

Le conté a Saladrigas lo que recordaba. Cuando empecé a contar, mi delirio subió al cielo, junto con la impudicia de mi testimonio, y junto con la verdad, que es tributaria de la impudicia.

Le dije a Saladrigas lo que pasó. Había pasado la noche del miércoles sentado en una banqueta de la esquina de la casa de Voltaire, frente al edificio de tres pisos donde vivía Voltaire, cuyas ventanas, en el tercer piso, daban a la calle, de modo que podía verlas prendidas, como estaban, parpadeando al ritmo de mis celos.

Le dije que había imaginado desnuda a mi mujer en aquel tercer piso, la mujer cuyo cuerpo conocía de memoria, trabada en una lucha amorosa con Voltaire, una lucha de agitaciones y mordidas conocidas para mí, pues eran las que yo recibía en las noches o en las mañanas de nuestros amores.

Le dije lo insoportable que me había parecido, aquella noche, la forma en que Dalia podía serme infiel. No a la manera distinta de un amor distinto, de otro amor, sino repitiendo exactamente los atajos y las demoras del nuestro, atajos y demoras doblemente traicioneros por el hecho de cumplirse idénticamente en los brazos de Voltaire, con la detallada y ardiente picaresca de la que yo había creído ser dueño único, y ahora era codueño Voltaire.

¡Ah, hideputa!, me le abrí a Saladrigas. ¡Cómo cogía mi mujer con Voltaire en mi cabeza, cómo se trenzaba con él, con las piernas abiertas en tijera de *ballerina*, como conmigo, y con el pelo suelto, agitándose tras ella, como un molino de viento idéntico del mío!

—¿Usted es gay? —me dijo Saladrigas.

—No.

—¿Bisexual?

—Tampoco. ¿Por qué me pregunta eso? ¿No es obvio que padezco por una mujer?

—Bueno, mire: la hipótesis de que esto es un crimen pasional es buena —dijo—. Y usted es el mejor candidato pasional que tenemos. En ese sentido, está usted jodido. Pero como yo lo veo es que, si lo pongo a usted a darle cuchilladas a una almohada, no llega usted ni a las cuatro. Se aburre. Además, como le dije, no tiene usted huellas del pleito que precedió al homicidio. De modo que yo creo que aquí hay otra cosa. Pero no sé cuál es. ¿Qué pensaba usted del occiso?

—¿De Voltaire?

—No hay ningún Voltaire en el expediente.

—Voltaire era mi rival.

—¿Su rival amoroso?

—Hasta esa noche, no.

—¿Qué era antes?

—Mi rival literario.

—No entiendo.

—Mi inalcanzable rival literario.

—¿O sea?

—Escribía como yo nunca podré escribir. Yo envidiaba su presente y su futuro como escritor.

—¿Le envidiaba eso? ¿De veras?

—Como a nadie.

—¿Hubiera podido matarlo por eso?

—No. Hubiera podido plagiarlo. Y hubiera podido matarme yo cuando su victoria pública se cumpliera y emergiera ante los ojos del mundo su grandeza.

—Pero no se mató usted. Lo mataron a él. Y usted estuvo vigilando su casa toda la noche en que lo mataron. Peor aún: durante las horas en que lo mataron.

—Eso ya lo hablamos, detective. No sé si ya se lo dije, pero se lo digo ahora: cuando vi salir a mi mujer de la casa de este ojete, mi tentación en realidad fue matarla a ella.

—Pero no la mató a ella, sino a él.

—No, señor. A ella la seguí en mi cabeza camino de regreso a nuestra casa, con ganas de matarla. Y la maté cuatro o cinco veces en mi imaginación. Sólo pensaba en eso. La escena en que la estrangulaba. La escena en que la golpeaba hasta matarla. La escena en que la estrangulaba otra vez. La escena en que la golpeaba otra vez hasta matarla. Ahí se terminaban mis imaginaciones del modo como podía matarla. O la estrangulaba o la golpeaba. Ahí empezaban a repetirse las escenas, y en realidad, nunca la mataba. Porque al final la quería viva, detective. Escarmentada, pero viva. Todos esos golpes y esas estrangulaciones eran para que al final me pidiera perdón y cogérmela en revancha de cómo se la acababa de coger Voltaire.

—Le repito que no hay el nombre de Voltaire en el expediente —dijo por enésima vez Saladrigas—. Usted habla de

Voltaire. Mire, cada vez que dice ese nombre, en lugar del verdadero nombre del occiso, todos pensamos que está usted pirado, que hablamos con un loco.

—Es evidente que hablan con un loco, detective. Quién cree que soy o puedo ser yo, además de un loco que ha construido su vida en esta clandestinidad de plagiario y de coleccionista. Esto es claro hasta para un detective mexicano como usted. No me chingue. ¿Cuál me dijo que era su nombre?

—Saladrigas.

—Pues no me chingue, Saladrigas

—He revisado su trayectoria en la prensa —dijo Saladrigas, luego de reír para sí mismo. ¿Es verdad lo que dice la prensa? ¿Se plagiaba usted así las cosas?

—Está descrito todo de una manera muy vulgar en la prensa —dije yo—. Pero puesto en una manera refinada de decirlo, también es verdad: me lo plagiaba todo.

—Se tomaba usted mucho trabajo para plagiar, mi amigo. ¿No hubiera sido más fácil escribir sus cosas?

—Usted no entiende nada de mi locura, Saladrigas. Ni creo que las vaya a entender —Saladrigas aceptó el lancetazo llevándose la mano al costado, con otra sonrisa. Yo seguí:— El asunto es: si no he matado a nadie, en este momento, qué importa esa locura. Mi locura no tiene profundidad. No es, en el fondo, sino la exageración de un *hobby*. A lo mejor un delito menor, que no tiene pena de cárcel: plagiar, coleccionar, robar secretamente a otros sin que lo noten. En el fondo es como un homenaje. Es una locura profunda, pero trivial, que en el fondo no engaña a nadie, sólo a los ilusos que compran libros creyéndolos originales, novedades, sin otros costos para ellos que dejarse engañar por alguien que al final les ha dado la ilusión suprema del arte, la ilusión de un autor nuevo.

Saladrigas rodeó mi digresión con un discreto parpadeo de fastidio. Volvió a lo suyo. Entendí que daba vueltas por la madeja para llegar a jalar del mismo hilo.

—Regreso a los hechos —dijo—. Usted está grabado por las cámaras de la calle, yendo y viniendo. Luego está usted filmado en la puerta del edificio, como si fuera a tocar o a entrar. Ahí se va la luz de la colonia. Ahí desaparecen también los videos de las cámaras. Cuando vuelve la luz y regresan los videos, ya no hay nadie en esas calles, tampoco usted. La mala coincidencia, para usted, es que al individuo al que usted llama Voltaire lo matan esa noche, precisamente durante o después del apagón. ¿Recuerda el apagón?

—Desde luego.

—¿Qué hizo durante el apagón?

—Abandoné la idea de tocarle a Voltaire y golpearlo. Salí a la calle oscura, caminé hacia donde vi luz, varias cuadras adelante. Cuando llegué a las calles con luz, seguí caminando, caminé toda la noche. Imaginando que mataba a Dalia.

—¿Caminó hasta el amanecer?

—Hasta el amanecer.

—¿No lo vio nadie?

—No.

—¿No entró a un bar?

—No.

—¿No le ofrecieron tarjetitas para un *table dance*?

—Que no, carajo. No. No tengo coartada, detective. No me chingue.

Parpadeó de nuevo, aceptando esta vez el dicterio. Tenía unas pestañas largas y negras que hacían juego con sus cejas pobladas. Ambas parecían sombrear sus ojos desvelados.

Siguió:

—¿Usted le había dicho a Dalia que el que usted llama Voltaire moriría acuchillado?

—Que le deseaba ser acuchillado.

—¿No que usted lo iba a acuchillar?

—No.

—Conoce usted a una señora Marcelina, viuda de Maturana.

—De toda la vida.

—Doña Marcelina dice haberle dicho a usted que el que usted llama Voltaire merecía ser acuchillado.

—Así es.

—Dice también que usted le contestó: "Cuchilladas serían poco".

—Eso contesté.

—Y que usted la llamó cuando supo del acuchillado, y ella lo felicitó por su justo crimen.

—Sí, pero yo lo negué.

—Pero ella insistió.

—Ella.

—Pero usted no.

—No hay cómo insistirle a Marcelina, detective. Ella siempre dice la última palabra.

—Usted tiene un problema serio con las palabras —dijo Saladrigas—. Le sobran, le faltan o se le vuelven realidad. Dio el último sorbo de su café, que para estas alturas estaba helado—. De todo lo que usted me dice —dijo Saladrigas—, para mí la verdad está en los detalles y en los detalles de sus celos. Dígame, se lo pregunto por última vez: ¿usted mató o usted mandó matar al que usted llama Voltaire?

—No, Saladrigas. ¡No! Pero le digo la verdad: llevo dos días atormentándome con la idea de que pude haberlo hecho sin recordarlo, de que hay alguien dentro de mí capaz de hacer eso sin recordarlo, como un borracho que no recuerda las cosas que hizo el día anterior, o como un muchacho trabado en una pelea que no recuerda haber ganado y en la que le hizo un daño serio a su adversario.

Saladrigas se quedó mirando al techo luego de mis últimas palabras. Dijo:

—Hay que investigar todo esto. Y aclarar el crimen. Mi conclusión provisional es ésta: usted es un escritor que habla de más. Está usted jodido. Además —dijo—, es usted un hombre muy enamorado. Por eso mismo, es usted un hombre sospechoso, capaz de cualquier cosa.

—¿Por ejemplo? —pregunté yo.

—Por ejemplo, darle puñaladas al amante de su mujer, el mismo amante que, además, acabó con su fama pública.

—Qué argumento de cuarta, Saladrigas.

—Los crímenes de la vida real son puros argumentos de cuarta, escritor —dijo Saladrigas.

Me gustó que me llamara escritor, porque quería decir en el fondo que lo había entendido todo. Creí entender, en mi delirio, que a estas alturas de la pelea Saladrigas era mi aliado. Como buen detective de novela, Saladrigas odiaba a los escritores. Pero en el curso de nuestro interrogatorio había entendido que yo no era un escritor propiamente dicho, sino un loco, en todo caso un burlador de escritores, un plagiario. Y había algo en esa condición que alegraba su alma.

Confirmé mi impresión cuando se puso de pie y me dijo:

—Ahora tenemos que ir al Ministerio Público. Le doy un consejo. Cuente ahí lo que según usted ha sucedido, sin omitir nada. Por una vez, no copie, cuente lo que pasó.

12

Todo esto requiere una explicación. Es lo que van a leer.

La mañana en que hablé con Saladrigas me llevaron preso, como sospechoso del acuchillamiento de Voltaire. Me llevaron bajo el mandato de una "orden de presentación", es decir, que acudía como testigo. Pero llegué a la representación ministerial en calidad de "presunto culpable", lo cual quería decir, en la práctica, "culpable a secas". Cosas de la justicia local.

Representación ministerial le llaman en la justicia local a las antesalas de la cárcel, los aquí llamados Ministerios Públicos. Los Ministerios Públicos representan en principio a las leyes de la nación, pero en la vida diaria, con la ley en la mano, no hacen sino fabricar culpables. Todo depende de la consigna o de la conveniencia del día. Porque la justicia local tiene dos faros rectores: la influencia y la opinión pública.

Cómo hicieron la mujer del doble vientre y el mirón circunflejo para que me declarara culpable, en su escrito, mientras hablaba en mi casa con Saladrigas, es un oficio literario que está más allá de lo que sé. Cosas de la justicia local.

Reconozco que, como decía Saladrigas, no tenían mejor hipótesis para resolver el crimen de Voltaire que mis celos homicidas. La parte de los celos y la confirmación de mis dichos de las cuchilladas quedaron registradas en las transcripciones de la doble gorda y el somnoliento circunflejo como una confesión.

No quiero agregar la cara de loco, los pelos erizados, los párpados cenizos, las cutículas rojas de los ojos y de las fosas nasales que mi cabeza mostraba para la hora de la tarde en que llegamos al Ministerio Público. Luego de dos días de no dormir, mi cara era mi acusación y su prueba.

La prensa efervescía con el caso. Me había tratado como culpable desde la mañana. Amanecí culpable al día siguiente, tal como dijo Saladrigas, aplanado por los detalles de un cuento invencible: el gran burócrata de la cultura, *meaning* yo, vuelto asesino por celos de la mayor promesa literaria del país, *meaning* Voltaire. No sé por qué me pongo pocho, será por plagiar.

Nada sabía la prensa de la historia que he contado hasta aquí, tenía sólo la urgencia de presentar un culpable que explicara el momento mórbido. Tenía en las manos, repito, un material insuperable: el acuchillamiento de un joven escritor genial, Voltaire, a manos de un plagiario cornudo, yo, denunciado por una heroína inesperada, Dalia, mi mujer, que se había atrevido a decir lo que sabía, luego de haber optado por un amor nuevo en su vida.

Ítem más: Dalia había optado por eso romántica y arrebatadoramente, sin medir las consecuencias, desafiando incluso el riesgo de ser muerta por las ahora probadas pulsiones homicidas de su esposo, el matador. Yo mero.

No me arrodillé ante ninguno de esos hechos, supuestamente consumados. Crucé por ellos con una altivez helada, que confirmó para todos la frialdad de mi alma.

Mi amigo, el Ingeniero y Rector, ahora mi examigo, pero en el momento que voy a referir mi amigo nuevamente, se encargó de que, durante el primer día de mi detención preventiva, llegaran a mí todos los apoyos necesarios. Para empezar, que me pusieran en una celda separada, pues eso que los Ministerios Públicos llaman "separos" se caracterizan por no separar a nadie, sino por aglomerarlos, al punto de que podía haber trece gentes donde no debía estar sino una.

El Ingeniero y Rector se ocupó también de que garantizaran mi comunicación con el exterior, en particular con nuestro mutuo Malaquías. Malaquías parecía conocer de la escuela a todo el poder judicial, entre otros a los jenízaros que administraban los separos. La buena voluntad hacia mí de parte de estos jenízaros, inducida por Malaquías, alcanzó aquella misma noche la increíble oferta de que podían traerme a holgar una muchacha. Rehusé, porque yo con muchachas del amor tarifado no he holgado nunca, ni me han interesado los especímenes que mis captores sugerían con la palabra "muchacha". Cosas de la lingüística local.

Fue así como pude flotar aquella noche, hundido hasta el cuello en las ergástulas del Ministerio Público. Al día siguiente, sólo tuve ganas de dormir y dormí hasta la tarde, sin interrupciones, salvo por los gritos de los tipos que estaban en las celdas contiguas, berreando mientras los interrogaban.

Me despertó la visita de Saladrigas.

—Creo que esto se va aclarando —dijo—. No es mucho decir, porque las cosas aquí siempre se están aclarando y nunca se acaban de aclarar. Como la verdad misma.

Pensé que sólo eso me faltaba en mi hora fatal, luego de dormir y despertar como un bendito: un detective filósofo.

Se lo dije:

—Sólo eso me faltaba, Saladrigas, que me saliera usted filósofo.

—¿Filósofo yo? —se rio Saladrigas—. No, escritor. Filósofo mi comandante Chatanuga. Mi comandante Chatanuga se levantaba y se dormía diciendo: "Señores: las cosas son como son." Cuando no entendía ni puta madre de lo que estaba pasando, agregaba: "Hay cosas que ni qué."

Anoté en mi cabeza al comandante Chatanuga.

Siguió Saladrigas:

—Creo que todo está más o menos claro con usted, aunque se va a complicar con los papeles. Y los papeles son cabrones. Son la ley de esta selva. ¿Quiere que le cuente?

Obviamente quería. Me contó. Había investigado a fondo el caso de Voltaire, pero había violado algunas normas. Sus violaciones eran, empezaban a ser, el problema de papeles del que hablaba.

Había concentrado sus pesquisas en el edificio de Voltaire. Había tocado departamento por departamento, preguntando si la noche del crimen alguien había oído algo.

Nadie había oído nada.

Estaban todos horrorizados de saber que en su edificio había sucedido ese algo. En todos los departamentos, alguien le había abierto la puerta y contestado. En todos, salvo en el departamento que estaba frente al de Voltaire, donde nadie abrió. Saladrigas volvió escaleras arriba a preguntarles a quienes ya les había preguntado si sabían quién vivía en el departamento donde nadie contestaba. Una chismosa del tercer piso, la misma que le había dicho que Voltaire era un gran vecino, porque la había ayudado una vez con las bolsas del súper, le dijo que en el departamento frente a Voltaire vivía un muchacho que no la miraba bien cuando se cruzaban. Y que miraba al piso cuando caminaba por la calle. Saladrigas preguntó cuándo había visto a ese muchacho por última vez. Ella le dijo que habían coincidido a la entrada del edificio la noche del terrible acontecimiento.

Ditto.

Saladrigas bajó a la puerta del inquilino ausente a volver a mirarlo todo. A fuerza de mirar vio en el tapete de la entrada una manchita de chocolate, que luego le pareció una gota de sangre, a partir de lo cual buscó al arrendador y obtuvo el nombre del arrendatario. Se firmaba en el contrato como Carles Aceves, un actor joven, le dijo el arrendador, el cual, en su opinión, se impostaba como catalán sin serlo. Oh, la discreción de los arrendadores. Saladrigas buscó las señas de Aceves en internet y descubrió su página de Facebook. La penetró con ayuda de Malaquías y tuvo, de pronto, ante sí el menú de amigos de Aceves, y a los amigos más amigos que otros, en particular uno, con quien Aceves cambiaba mensajes cada hora hasta que, de pronto, al día siguiente del asesinato, dejó de escribirle.

Pensó que debía entrevistar a aquel amigo, cuya cuenta de Facebook también penetró. El amigo vivía en un departamento de colonia Condesa, vecina de la San Miguel Chapultepec, donde habían matado a Voltaire.

Saladrigas se apersonó a tocar ahí. Cuando le abrieron preguntó directamente por Carles Aceves, como si lo conociera. El dueño de la casa entendió lo que pasaba y, adelantándose a los hechos, le dijo a Saladrigas que no tenía derecho a irrumpir en su intimidad. La resistencia legaloide del discurso confirmó a Saladrigas que estaba en la pista correcta. Entonces apartó al inquilino y entró al departamento, con lujo de violencia policiaca, hasta el cuarto donde estaba escondido, encogido, intimidado, Carles Aceves, el vecino de Voltaire.

Saladrigas sacó de su repertorio al comandante Chatanuga y se lo aplicó al encogido Aceves.

El comandante Chatanuga, me contó Saladrigas, había aclarado el homicidio de unos famosos abuelos asesinados. Ella una escritora, él un precandidato, en sus tiempos, a la presidencia de la República. Habían amanecido macheteados los dos, en sus camas, en su casa de lujo de las Lomas de Chapultepec. Empezaron a circular en la prensa las hipótesis de un crimen político por antigua rencillas, o de una venganza de cañeros, porque el viejo había sido muy cabrón con los cañeros en su tiempo de poder.

El comandante Chatanuga revisó cuidadosamente la casa, recordó gozosamente Saladrigas, estudió todo durante dos días. Y al cabo de los dos convocó a una reunión a los miembros de la familia, entre ellos a los nietos que vivían en la casa. Los sentó a todos en la sala para darles el veredicto, y el comandante Chatanuga, a la manera de los grandes detectives deductivos, como Sherlock Holmes, o el inspector Clouzot, les dijo a los ahí reunidos: "Pues, señores, ya revisamos todo y esto no fue un crimen de afuera, esto fue de adentro".

—Y entonces —dijo Saladrigas— con la fuerza deductiva propia de mi comandante Chatanuga, mi comandante se le fue derecho al nieto que ahí estaba sentado y le gritó frente a todos: "¡Tú fuiste, muchacho cabrón! ¡Tú mataste a tus abuelos, tú! ¡Y dile de una vez a tu familia que fuiste tú, chamaco ojete, asesino cabrón!". Entonces el muchacho se echó a llorar desconsolado y confesó su crimen.

Siguió Saladrigas:

—Cuando estuve frente a Carles Aceves, hecho un ovillo, en el cuarto de su amigo, recordé al comandante Chatanuga. Y le dije a Carles Aceves: "Tú mataste a tu vecino el genio, cabrón. Lo mataste en una pelea y lo acabaste de acuchillar y lo mutilaste cuando se había muerto". Aceves tenía un raspón en la ceja y un moretón en la ojera del ojo derecho. Estaba cubierto hasta los puños por un albornoz, así que me le fui encima y lo encueré del torso. Se dobló de dolor. Aparecieron dos cortadas de navaja en sus brazos y unos rosetones en el pecho izquierdo, de la tremenda pelea que se había echado con su vecino el genio, antes de dominarlo y poderlo matar. Le dije al dueño del departamento: "Estás protegiendo a un asesino, cabrón. Este cabrón mató a un escritor antier, en su edificio, luego de forcejear con él. Por eso tiene las heridas que estás viendo". No dijo nada el protector, todavía carapálido, porque mi entrada había sido como un vendaval. El encogido se echó a llorar y aceptó su delito. Hice una venia para el comandante Chatanuga, recordando que había muerto, años atrás, con doce tiros en su cuerpo. Luego le dije al encogido, para que lo oyera su protector: "Tú mataste al genio de García Conde, cabrón". Les hice entonces mi primera versión del relato circunstanciado del homicidio, que es el que cuenta en la ley.

—¿Y cuál es el relato circunstanciado? —pregunté yo—. ¿Por qué mató el encogido a su vecino Voltaire?

—Por lo mismo que usted quiso matar a Voltaire, escritor. Por celos. Aceves llevaba meses enamorado de Voltaire, al menos una vez, Voltaire lo había aceptado.

—¿De dónde saca usted eso, Saladrigas?

—De la boca del caballo. Lo dijo el homicida mismo.

—¿Qué dijo?

—Que Voltaire lo había traicionado.

—¿Que Voltaire era gay?

—Digamos que era un hombre de ambos mundos.

Me amargó saber del eros *multitask* de Voltaire. Y que Dalia, mi ex-Dalia, hubiera sido sólo una debutante de sus dobles puertas amatorias.

Pregunté, cabizbajo:

—¿Cómo sigue el relato circunstanciado?

—Bueno, cuando, aquella noche, Aceves ve llegar a su mujer, a la mujer de usted, preciosa mujer, con todo respeto, y entrar al depa de Voltaire a refocilarse con él, arde en celos. Tres horas después, cuando Voltaire regresa de la puerta de dejar a su mujer de usted, Aceves, el vecino/amante traicionado, se presenta a reclamarle, bañado en llanto. Voltaire le dice que está llorando como mariquita. Se hacen de palabras y de las palabras pasan a los golpes. Aceves ataca, reforzado por la rabia. El que usted llama Voltaire lo rechaza, como a un lunático; el lunático lo golpea y Voltaire le contesta. Entran al departamento de Voltaire peleando. El lunático toma un cuchillo de la bandeja de quesos que Dalia y Voltaire acaban de desperdiciar en sus prisas, con todo respeto. Con ese cuchillo le da el primer piquete en la cara a Voltaire. El piquete lastima y enardece a Voltaire, pero sobre todo lo distrae. Voltaire recibe el segundo piquete en el pecho. El tercero, en el cuello. El cuarto, en un costado. Ninguno de estos piquetes penetra demasiado, ninguno es mortal. Este hecho prolonga la batalla hasta que, por acumulación de cuchilladas, Voltaire pierde fuerza y va quedando inerme ante el lunático. El lunático termina picándolo por todos los costados. Unas veces con el cuchillo en la mano izquierda. Otras, en la derecha. Al final acuchilla los genitales de Voltaire, los genitales que lo han traicionado.

Ah, Spinoza, hubiera pensado yo, pero no estaba en modo de pensar. Estaba sólo en modo de amargarme otro poco al entender que a Voltaire lo había matado su carisma. Y, para el caso del muchacho que lo amaba, su carisma genital.

Siguió Saladrigas:

—Voltaire fue más débil que su amador, acabó acuchillado por su vecino en las alturas de un crimen pasional. Esto no es nada grave, escritor, nada especial para los policías que llegamos al lugar de los hechos cuando se ha consumado lo peor. Acuchillar a Voltaire es lo que hubiera hecho usted, a lo mejor, si no se va la luz esa noche y entra usted al edificio de Voltaire. Pero habría tenido usted que ser tan fuerte como Carles Aceves, que era bajo y flaco, pero duro como un palo y tenso como un alambre. Si Carles Aceves hubiera saltado sobre mí cuando lo descubrí, en vez de rendirse, probablemente me habría dejado como a Voltaire. Pero estaba perdido de culpa y de tristeza. Perdido de amor perdido. Los celos le habían quitado lo que más quería en la vida, a manos de sus propias manos. El amor es cabrón, escritor.

El cabrón era Saladrigas, pensé yo, pero un cabrón que estaba en estas horas a mi favor. Nos habíamos identificado de muchas formas, desde el primer contacto. Y ahora había traído al matador de Voltaire al Ministerio Público, a pesar del inteligentísimo abogado de Voltaire, que impugnaba el caso querellándose contra todas las violaciones a la ley en que había incurrido Saladrigas. Saladrigas estaba ahora acusado de abuso policiaco.

Así que me dijo:

—Tengo que darle parte de esto a mi padrino, para que no me chinguen en el juicio.

Pregunté quién era su padrino. Me dijo, escuetamente:

—El mismo de su amigo el Rector.

Gran tipo Saladrigas.

13

Cada línea escrita arriba esconde una pequeña historia y la última, un desenlace. He tratado de contar el desenlace sin rodeos y sin vulgaridad.

Salí de los separos al tercer día de mi ingreso. Saladrigas había añadido un detalle contundente a su investigación de Voltaire: el arma homicida.

Aceves se había guardado, como un fetiche, el cortador de quesos de doble punta con el que había herido primero y acuchillado luego a Voltaire. Saladrigas lo recobró en una segunda inspección ilegal a la casa del amigo de Aceves, que el amigo rechazó, con razón y sin éxito, como una segunda violación de sus derechos.

Saladrigas pasó sobre sus derechos como la primera vez y descubrió esto: en la mochila que había traído Aceves a la casa de su amigo, la noche del apagón en que mató a Voltaire, había una servilleta de tela que llevaba envuelta en su cuerpo, como si envolviera un bebé, el cortador de quesos cuya doble punta correspondía, exactamente, a las rasgaduras de entrada de las cuchilladas de Voltaire. La sangre coagulada de su hoja, luego de una inspección forense, resultó ser la sangre coagulada de Voltaire.

No tuve mucho tiempo de pensar en esto, ni en ninguna de las otras cosas que condujeron a mi liberación, porque, en cuanto me devolvieron mi teléfono celular, vi una lista de llamadas que no había podido tomar de Marcelina. Escuché sus mensajes acezantes. "Me muero", uno. "Me muero sin ti", dos.

Agonizaba del enfisema desde el día de mi detención. Me puse camino de su casa de campo cuando escuché el primer mensaje y fui escuchando los otros. Eran todos iguales y todos distintos, estertores de la misma muerte. Hablé a su teléfono, desde luego, pero nadie contestó. Hablé a la casa donde debía estar su muchacha de compañía, que apenas hablaba español y le temía a los teléfonos, pero tampoco contestaba. Hablé finalmente, con el chofer que iba y venía con las medicinas a la finca. Fue él, finalmente, quien me dijo que Marcelina estaba inconsciente desde hacía veinticuatro horas, en un cuarto de terapia intensiva del hospital público de la ciudad cercana.

Hice el trayecto en mi propio coche, manejando yo, deseoso de estrellarme, hacia el hospital de la ciudad vecina de la casa de campo de Marcelina. Cuando llegué había muerto, acababa de morir. Habían levantado los restos de su cama para dar espacio a la siguiente muerte. Habían enviado su cuerpo al depósito de cadáveres, la morgue, en el sótano del edificio. La alcancé ahí antes de la cremación que ella misma había dispuesto. Me abrieron el cajón del congelador donde estaba y vi su rostro viejo, sereno, tranquilo. Tenía las cejas pobladas todavía, sus hermosas cejas negras, los labios vueltos a su juventud, sin el rictus del tiempo vivido, lo mismo que su frente. Puse mis labios en sus mejillas, pero me repugnó la frialdad, la evidencia de su muerte.

La muchacha que la cuidaba en la casa de campo había pasado un día sentada en la sala de visitas del hospital, la mirada fija en el piso, la espalda envuelta en un rebozo. Tenía unas recias trenzas negras y unos dientes blancos, radiantes y parejos, como no he visto otros. Estaba abrazada a un legajo de papeles, como quien se aferra a lo que le queda.

—Su señora Marcelina murió tranquila —me dijo—. Llamó en la noche y dijo: "Creo agonizando". Cerró sus ojos nada después. Días anteriores me dio esto —extendió el legajo—. Dijo la señora Marcelina: "Se lo das en la mano aunque te mueras". Ve que así hablaba ella. Vea usted que cumplí.

Se le llenaron los ojos de lágrimas cuando tomé el legajo de sus manos, pero no soltó una gota.

Le pregunté si había comido. Dijo que no. La llevé al restorán del hospital. Pidió unas quesadillas tímidas, a las que yo agregué unos huevos revueltos y unos frijoles refritos. Devoró todo, sin levantar la vista, sin prisa pero sin pausa, mientras yo abría el legajo que llevaba mi nombre escrito, completo, con mi doble apellido, en la morosa y amorosa letra palmer de Marcelina.

Se me fue el santo al cielo. Era una copia de su testamento. Empecé a ponerme húmedo de los ojos, cerrado del cuello, antes de confirmar lo que imaginaba, antes de llegar a la parte del testamento donde aparecía mi nombre, invicto, único, como heredero universal.

No reparé en los detalles. Fui corriendo a la administración del hospital para identificarme con el propio legajo como legalmente capaz de hacerme responsable del cuerpo de Marcelina y de sus exequias. Me habían negado esto al llegar. Había empezado un trámite de responsiva, orquestado a la distancia por el invaluable Malaquías. Ya no hacía falta.

La cremación empezó a la una de la tarde. Me entregaron las cenizas de Marcelina a las cuatro, en una urna esmaltada de plata que yo compré en la funeraria más famosa de la ciudad.

A las seis de la tarde volví con la muchacha y las cenizas a la casa de campo. La muchacha me trajo la bandeja de *whisky* que Marcelina ordenaba para mí siempre que la visitaba. Me preguntó si hacía de cenar, dijo:

—Tengo tlacoyos y así.

Pedí los tlacoyos, puse la urna con las cenizas de Marcelina a mi lado derecho, en su secreter, y me senté a leer el testamento.

¡Dioses de la redacción! Iba leyendo y riéndome, incrédulo, lobotomizado de lo que leía.

¡Ah, Marcelina! ¡Qué precisa y previsora!

Resumo diciendo que me había sentado podrido y paria en el secreter, junto a las cenizas, y me levanté sanado y con caudal.

Marcelina tenía tres cuentas de valores, dos cuentas de banco, los cuadros de su casa de campo, que incluían un Tamayo, su propia casa de campo que valía más que el Tamayo, y el fideicomiso del Premio Martín Luis Guzmán, de escritores para escritores, dividido en dos legados: el fondo propiamente dicho, muy disminuido de su valor original, y el fondo de intereses devengados, aplicables a la edición del premio, que alcanzaba para dos años.

Como a las nueve de la noche, cuando mi botella de *whisky* iba a la mitad, vino la muchacha con sus tlacoyos y tuve mi primer ataque de nuevo rico.

Le pregunté cuánto ganaba. Me dijo cuánto y respondí, sin haberla escuchado bien a bien:

—Eso que has dicho es lo que vas a recibir cada mes, el resto de tus días, por haber cuidado a Marcelina como la cuidaste.

La emoción le hizo dar la vuelta y volver a la cocina.

Amanecí lúcido y fresco, antes del alba, en la casa de campo de Marcelina.

En la primera hora hábil, le llamé al notario.

—Tenemos que formalizar todo eso —me dijo—. Cuanto antes mejor, tiene usted que tomar control inmediato de las cuentas. Entienda esto: ha pasado usted de ser nadie a ser un buen cliente. Un cliente que hay que cuidar.

En la gestión del traslado de las cuentas, me recibieron directivos del banco y de la casa de bolsa.

Supe que había en México gente rica que no era muy rica, y que yo era ahora uno de esos ricos anónimos, salvo, en mi caso, porque todo el resto de mí era una miseria, un escándalo público: como plagiario probado, como homicida posible, como asesino fallido.

Los abogados de Carles Aceves hicieron el debido lío por las violaciones al debido proceso en que había incurrido Saladrigas para detenerlo. Engordaron un expediente para acusar a Saladrigas y para liberar a Aceves, pero no para seguirme acusando a mí. Mi expediente judicial quedó cerrado, aunque no el expediente de mi fama pública, que siguió su camino confuso, inexorable.

Seis meses después de sucedido todo, había quien seguía refiriéndose a mí, en la prensa, como autor del homicidio de Voltaire, o como el verdadero homicida de Voltaire, liberado por influencias, lo cual quería decir, añadían aquí y allá, no sólo que yo era el asesino de Voltaire, sino que era el asesino de la mayor promesa de las letras de México, una especie de asesino de la literatura por venir.

Yo mero.

Durante aquel feliz y terrible interregno en el que era riquillo en secreto y paria en público, en los días de la destrucción absoluta de mi fama, que no ha cesado, las únicas dos gentes consoladoras que vi fueron mi notario, que confirmaba mis bienes, y Saladrigas, que se había enganchado conmigo. Cosas de la complicidad local.

Saladrigas sabía que yo no había matado a Voltaire, yo sabía que él no era un policía delincuente, certidumbres recíprocas difíciles de alcanzar en el país de entonces, donde, de alguna manera, todos éramos culpables antes de ser sospechosos.

El notario me dio los papeles de propiedad. Saladrigas me tenía algo mejor: quería contratarme para que escribiera sus historias.

—Ya sé que eso no le interesa a usted, escritor, contar historias reales. Lo que a usted le interesa es copiar historias que han contado otros. Pero yo le doy un consejo: deje de copiar, cuente lo que pasa. Lo que le ha pasado usted. Cuéntelo como me lo contó a mí. Luego, escriba lo que yo puedo contarle que me ha pasado a mí.

—¿Y luego? —pregunté yo.

—Bueno, luego, ya recobrado el crédito, siga haciendo lo que le gusta, tejiendo el mismo encaje que hace usted. Siga montándose en las historias de otros.

—¿Alguna idea para seguir en ese camino? —pregunté.

—Una idea, no. Le traigo un regalo. Aquí lo dejé a la entrada de su casa, en la mesa del recibidor. Son dos cuadernos manuscritos que encontré en el departamento del que usted llama Voltaire.

—¿Dos cuadernos?

—Dos, escritor. Con letra de mosca. Yo diría que esos cuadernos traen el doble de lo que pesan. Empecé a leerlos, pero no me interesaron. A usted, que lo admira tanto, a lo mejor sí. Se los traigo por si quiere seguir copiando. Pero ahora sin testigos. Se copia usted lo que hay ahí y obtiene su fama derivada, salvo que ahora nadie lo va a cachar. No hay original imputable.

—No es ése el plagio que me interesa —le dije—. Mi oficio requiere un original.

—Lo que yo le ofrezco es un original, escritor. Un original para copiar. Le ofrezco también mis historias para que las copie. Si así quiere verlo y eso es lo que lo prende, copie mis historias. Nos haríamos ricos, pienso yo, porque todo lo que se publica de policías en este país es como lo que usted se copia de otros escritores. Es creíble pero no es verdad. ¿Me entiende usted? Muy diferente de la historia suya, que hemos ventilado juntos: es increíble, pero es verdad.

Entonces Saladrigas encontró su gran momento literario de la conversación, tan simple como impracticable. Dijo:

—Deje de decir mentiras, escritor, cuente la verdad. Su verdad es muy superior a lo que ha copiado a su manera maricona de plagiario. Soy su amigo. Convóqueme a contar la verdad y a hacer negocio. Vamos a mitas.

Gran tipo Saladrigas.

Tengo esperando en mi escritorio los cuadernos de Voltaire que me dejó. No me he asomado a ellos. Quizá me asome. Por lo pronto cuento esta historia, que por primera vez en mi vida no viene del plagio de nadie, sino de mí mismo, que soy esencialmente un plagiario. Por lo tanto, por lo tanto...

¡Hurguen, cabrones, y encontrarán!

Aquí termino, aunque nada termina.

Un poco más:

Dirán que esta narración tiene un desenlace indigno de su invención, pero eso no toca sus verdades esenciales, porque el desenlace del relato que aporto ahora no es una invención. No, al menos, en el sentido trivial de tantos autores que sostienen que sólo la imaginación puede llegar a la realidad. En materia de argumentos, la realidad, desde luego, es muy superior a la ficción, aunque no sea sino por su imaginación desbordada. El más sencillo argumento de la realidad es inalcanzable para el ficcionador más delirante.

Qué puede ser Balzac frente a la historia de la sociedad que se propuso retratar. Un sucedáneo, una copia de mala calidad, imprecisa en cada cuadro pequeño, minúsculo en el tamaño del mural.

Es como un lanchero remando que ve el océano y cree que lo imita. Los escritores son copistas del reflejo que alcanzan a ver de las cosas, son lo que el dibujo de la ballena a la ballena, lo que la descripción del crimen al hecho hirviente y brutal de cada crimen.

Digo, de últimas: al diablo con la literatura. Sólo tiene sentido en el salón de la casa donde los lectores se emocionan con la copia de la ballena y con la copia del crimen.

Diré, para terminar, el verso más misterioso de Voltaire que he encontrado en los cuadernos que me dio Saladrigas. (Noten que me contradigo aquí respecto de no haber tocado esos cuadernos.)

El que digo es un verso en inglés que encuentro difícil de traducir en su genuina prosodia y su extraña sonoridad. Dice:

Nothing ahead —some
Flowering, some
Bitterness, and death

Y luego esto, que no tiene gran valor ni de originalidad ni de rima, pero que no suena mal y acabó siendo cuchilleramente autobiográfico:

Yo soy el que no he sido ni seré,
sino está siendo, el que viviendo
está sin entender que está muriendo.

Malinalco, 16 de septiembre de 2014.
En la casa de campo de Marcelina Maturana.

Postscriptum 2018

Publiqué *Plagio* en la primavera del año 2015, luego de varias consultas con abogados sobre el posible costo de sus alusiones. En el otoño había vendido unos miles de ejemplares y me había convertido en el más odiado, el más leído, el más criticado escritor de mi generación (por un ratito). En aquella explosión de famas combatientes, florecí como un escritor original, yo, el plagiario; y como el más verdadero de los memorialistas, yo, el mentiroso profesional.

Siguieron ventas, algunas traducciones, algunos simposios sobre literatura y plagio, luego un premio, algunas ventas más.

Mi amigo el Ingeniero y Rector, ahora mi examigo, terminó su segunda rectoría sin pena ni gloria. Le dejó el puesto de Rector al candidato que menos quería y que no lo quiso a él. Descubrió que la mayoría de sus amigos eran amigos de su puesto. Se infartó un día mientras hacía ejercicio de más, tratando de prolongar su juventud. Le pasó luego una cosa extraordinaria: se hizo rico. Aprovechando las relaciones que había hecho en la universidad, las cuales, debo decirlo, nunca ordeñó pecuniariamente cuando era Rector, fue inventando negocios que acabaron volviéndolo lo que nunca había querido ser: un hombre rico, de esos que ven crecer más su caudal entre menos trabajan. No puedo decir que me moleste su destino, que resienta su buena estrella. Digo, por el contrario, que quizás encontró tarde su vocación y que su vocación carece de grandeza, vale decir que es de su tamaño, pero con dinero.

Dalia, mi hermosa mujer, a la que quise arrebatadoramente sin saber cuánto la quería, encontró una pareja, casó de nuevo, tuvo un hijo y es feliz. En seguimiento de su verdadera vida amorosa, hizo una edición crítica, inteligente, cuidadosamente enamorada, de la obra trunca de Voltaire, lo cual me dolió en su momento por lo mismo que me había dolido, cuando estuvo con él, la noche del asesinato. Descubrí en su celebrada edición de los inéditos de Voltaire que al menos parte de los cuadernos que me dio Saladrigas habían estado en manos de Dalia, lo cual quería decir que Voltaire había entrado en ella suficiente para justificar mis celos y que había visto en ella a la mujer inteligente que era, capaz de ser su cómplice literaria, su verdadera pareja. Ha sido una viuda digna y dedicada de la memoria de Voltaire, lo cual me hiere cada vez, pero no me atormenta. Extraño su cercanía, pero merezco su olvido.

La muerte prematura y su innegable talento le trajeron a Voltaire la simpatía universal y la condición de clásico instantáneo. Yo soy una nota policiaca en su historia literaria. La merezco y no, pero creo que puedo decir que no me importa. Tengo en mis manos y he leído minuciosamente, al menos dos veces, los cuadernos que me dio Saladrigas. Hay mucho en ellos que podría mejorar con una lectura para una de mis fechorías intertextuales de antes, con la ventaja de que, como dice Saladrigas, en este caso soy libre, no hay original imputable.

Confieso mi tentación de una vez y la confirmo cada vez que, una vez y otra, las preguntas de los periodistas giran en torno a mi todavía confusa y debatida relación con Voltaire, al que elogio cada vez como lo que era, el gran escritor emergente de las letras mexicanas, y como lo que es, el invencible mito del genio caído, frustrado por la imperfección de la vida. El segundo Voltaire es mejor personaje que el primero, siendo el primero mejor escritor que el segundo. Pero, como dicen los cubanos, el muerto al hoyo y el vivo al bollo, refrán que más vale no explicar.

Los hechos de la vida son distintos de los de la literatura. Creo que eso ha quedado claro en estas páginas. Y en esto que cuento ahora:

El 18 de octubre del año 2017, de paso en Barcelona para uno de esos encuentros donde yo hacía reír al auditorio contando sin disfraz mis fechorías, de pronto ardió entre el público la mirada de obsidiana de la dentista Susana Rancapino. Habían pasado quince años desde nuestros últimos tratos. Ella estaba en sus cuarenta y cinco y yo en mis cincuentas, pero era una cosa de no creerse su radiante, conservada, curvada morenía. Esa misma noche estábamos metidos en la cama *king size* de la *master suite* que los editores me ponían y bebíamos champaña bajo las sábanas y se reía como una demente con el cuento sin cuento de mis plagiaduras.

—Y a mí qué se me dio nunca, ganapán, que te hubiéraies plajiao al Quijote ni a Prus, si a mí todo lo que me interesaba y me interesa son tuh puenteh dentaleh, y lo que va de gane por tu cogote hasta el final de tus tubos y el gusto que me da lo que se rebosa del tubo, ganapán.

Ya no rebosaba mucho, pero eso me dijo.

Malinalco, 23 de diciembre de 2018.
En la casa de campo de Marcelina Maturana.